거품시대 ❹

거품시대 ❹

홍상화 소설

한국문학사

벌거벗은 비리… '증언의 소설'

김승옥(소설가, 『무진기행』의 작가)

소설에 대해서 문학 전공 교수들은 여러 가지 기준을 가지고 분류하고 있습니다만, 저로서는 고 김붕구(金鵬九) 교수에게 배운 대로 소설을 크게 '증언(證言)의 소설'과 '구제(救濟)의 소설' 두 가지로 나누어보고 있습니다.

증언의 소설이란 그동안 여러 지면에서 충분히 얘기해 온 참여문학이라는 것이고, 구제의 소설이란 윤리 중심의 내성(內省)소설이라고 하겠습니다.

홍상화 씨의 『거품시대』는 말할 것도 없이 증언의 소설에 속합니다.

증언의 소설에도 여러 가지가 있습니다. 요즘 많이 쓰여지고 읽히는 대하역사소설들도 있고, 어떤 사건이나 인물을 추적한 소설도 있고, 한 시대의 풍속을 그림이 아니라 글로써 섬세하게 묘사하고 있는 풍속소설 등이 있습니다. 『거품시대』는 지난 제6공화국 시대의 풍속을 섬세하게 증언하고 있는 소설이라고 저는 봅니다.

하청 금액에서 매번 얼마씩 정기적으로 떼어주는데도 불구하고 여차하면 세무서 관리 대접해야 되겠다느니, 퇴직하는 동료 환송회 비용이라느니, 외국 여행 보조비라느니…… 명목이란 명목은 있는대로 붙여 뜯어가, 2백 명 정도의 직공으로 봉제업을 하는 이진범으로서는 견딜 재간이 없었다.

특별 자금이란 수출용 원자재 일부를 내수시장에다 팔아 마련한 비자금을 의미했다. 비자금 없이는되는 일이 없으니 좀 위험하긴 하지만 다른 도리가없었다.

"하청 단가는 안 오르는데 임금을 턱없이 올려달라니, 배길 재간이 있어야지."
백인홍이 한숨을 쉬었다.
"다 마찬가지야."
"나쁜 놈들. 공무원들은 손이 더 커지고, 은행놈들은 담보 내놓으라고 지랄이고, 이제는 노동운동

한다는 놈들이 한술 더 뜨니 말이야⋯⋯."

백인홍이 화난 목소리로 말했다.

"할 수 없지 뭐. 지금은 과도기야. 시간이 가면 해결될 거야."

백 사장은 입을 다물었다.

이러한 『거품시대』 속의 몇 줄만 가지고도 짐작할 수 있듯이 이 소설의 주인공은 중소기업가들입니다.

중소기업가들(옛날식으로 말하자면 부르주아)이 한국소설의 주인공으로, 그리고 제6공화국 시대의 전형적 한국인 모습으로 등장하고 있다는 점이 바로 『거품시대』가 이전의 모든 한국 소설들이 아직 할 수 없었던 일을 처음으로 해내고 있다는 매우 중요한 의미가 되는 것입니다. 이 소설은 바로 지금이기에 태어날 수 있는 소설이고, 이 시대에 반드시 나와야 할 소설입니다.

이 소설을 읽는 독자들은 줄거리가 어떻게 전개되고 있는지에 너무 집착하지 말고, 소설 속 대사와 지문을 통해 작가가 얼마나 우리가 살아왔던 시대를 빠짐없이 기록으로 남기려고 애쓰고 있나 하는 점에 관심을 가지고 읽으시면 참 재미있게 읽힐 것입니다.

우리가 살고 있는 세상의 중심에서 한때 기세등등했던

비리의 벌거벗은 모습 때문에 『거품시대』는 세월이 갈수록 더욱 우리 민족의 교훈으로서 뜻깊어질 소설입니다.

차 례

1. 배신, 위선, 그리고 달콤한 복수

: 백인홍

– 배신에는 농락을, 권력에는 위선을, 수사관에게는 복수를……
– 여기서는 수사관이 악역으로 나오지만, 실제로 한국의 하급공무원은 세계 어느 나라의 하급공무원보다 우수하다. 한국 하급공무원의 생산성이 높은 것은 대학입시 위주의 교육에서 수학공부를 한 덕에 두뇌가 개발되었기 때문이고, 봉사정신 상태가 뛰어난 것은 근본적으로 유교사상이 배어 있어 공직으로서의 긍지를 느끼기 때문이다(한국의 선진화에는 이들 하급공무원의 공로가 가장 크다).
– 술이 반드시 나쁜 것이 아니다. 유대교의 율법서인 『탈무드』에 '술병이 없는 집에는 약병이 많다'라는 격언이 있다. 그리고 『탈무드』 안에 또 한 가지 흥미로운 경구로 '위대한 복수는 잘사는 것이다'라는 말이 있는데, 인간은 누구나 복수하는 상대가 있게 마련인 듯하다.

저녁 6시 반경 집에 도착한 후 바로 검은색 양복으로 갈아입은 백인홍 사장은 침실 거울 앞에서 역시 검은색 넥타이를 매고 있었다. 친모상을 당한 A은행의 송 상무 상가에 문상을 가기 위해서였다. 송 상무가 백운직물의 주거래 은행 영업담당이기 때문이기도 하지만 그런 특별한 관계가 아니더라도, 상가에 문상을 간다는 것은 그로서는 사업상 빼놓을 수 없는 중요한 일 중의 하나였다.

의리 있는 사람이라는 인상을 심어주는 데 시간적·경제적으로 매우 효과적인 방법이기 때문이었다.

그래서 그는 신문의 부고란에 날 정도의 상가가 아니더라도 그와 희미하게라도 알 만한 사이면 만사를 제쳐놓고 문상 가는 것을 신조로 삼고 있는 터였다. 그러나 그의 문상은 어떤 규칙 아래서 이루어졌다. 방귀깨나 뀌는 집안에 문상 갈 경우, 그는 발인 전날의 퇴근시간 1시간 정도 후나, 자정이 가까운 시간을 택했다. 주로 그 시간대에 나타나는 거물들과 같은 조문객으로서 격의 없는 대화 몇 마디를 나누어두면 후에 반드시 쓸모가 있다는 것을 그는 경험을 통해 알고 있었다.

그렇다고 그들로부터 금방 어떤 덕을 보게 되리라는 기대를 할 정도로 순진하진 않았다. 어쩌다 골프장이나 다른 모임에서 만나 여러 사람이 보는 앞에서 다시 격의 없이 몇 마디 나누는 것으로 그는 만족했다. 때로는 그런 일이 쌓이다 보면 자연히 자신의 위상이 높이 올려다보일 것이고, 또 실제로 사업에도 도움이 되었다. 누구누구하고 아는 사이니까 친해두면 괜찮겠다는 식의 사고방식에 젖은 관리들에게 그런 방법은 특히나 효과가 있었다.

그래서 그는 골프장 클럽하우스 식당에 들어가서는 식

당 안에 있는 사람들의 얼굴을 살펴보는 것을 잊지 않았다. 한 번이라도 인사를 나눈 사람이 있으면, 특히 그 사람이 세인이 알아주는 거물일 경우, 틀림없이 테이블로 찾아가 '누구의 상가에서 뵀을 때보다 건강해 보이십니다. 골프 잘되시지요?' 혹은, '언제 한번 모시겠습니다'라고 인사하면서 얼굴을 다시 한 번 익혀두는 것을 잊지 않았다.

도대체 꺼떡거리는 놈치고 잡아다가 족치면 죽을죄를 졌으니 살려달라고 두 손 모아 싹싹 빌지 않을 놈이 없는 세상이니, 좋든 싫든 한 놈이라도 더 사귀어두어야 혹시 무슨 일을 당해도 살아남을 수 있지, 그렇지 않으면 십 년 공든 탑도 도로아미타불, 언제 어떻게 무일푼이 돼 감옥 신세를 질지 모를 일이라는 것이 그의 믿음이었다.

집을 막 나서려다가 전화벨이 울려 백인홍은 수화기를 들었다.

"여보세요."

"백 사장님이세요? ……저는 대하실업의 이현식 지점장입니다. 대하실업 LA 지점 지점장으로 있는……."

백인홍은 얼떨떨했다. 대하실업의 협력업체 사장단 회의에서 이현식 지점장을 서너 번 만난 적은 있으나 집으로 전화를 할 만큼 가까운 사이는 아니었다. 협력업체 사장단 회의에서 이현식 지점장이 미국 소비자의 기호 성향에 관해서 강의를 했을 때 깔끔한 영국 신사 타입으로 꽤 똑똑하고 까다로운 사람일 것이라는 인상을 받은 기억이 났다.

"아, 네, 안녕하십니까? 서울에 언제 오셨습니까?"

백인홍이 반기는 목소리로 말했다.

"지금 LA에서 전화를 드리는 겁니다."

그 순간 백인홍은 가슴이 철렁 내려앉는 기분이었다. 대하실업을 통해 미국으로 보낸 자사 제품의 품질에 웬만한 하자가 있지 않고서는 지점장이 직접 그에게 장거리 전화를 걸 이유가 없다는 생각이 들어서였다.

"그래요? 저희 회사 제품에 무슨 큰 문제라도 있었습니까?"

"아닙니다. 그런 문제가 아니고…… 저 개인적인 문제로 급히 의논드릴 일이 있어서요. 서울에 가 직접 뵙고 의논드려야 하는데 제가 이곳 자리를 비울 수 없어서……."

백인홍은 품질 문제가 아니라는 것을 알고 적이 마음이 놓였다. 한데, 이현식이 나와 급히 의논할 일이란 게 무엇일까? 근래에 주위에서 일어나는 일이 다 그랬듯이

14

왠지 좋은 일일 것이라는 느낌이 들었다.

"혹시 백 사장님께서 근간 미국에 오실 계획이 있으십니까?"

이현식이 물었다.

"특별한 계획은 없지만 필요하다면 언제라도 갈 수 있지요."

"그럼 우선 전화로 간단히 말씀드리겠습니다. 대하실업을 통해 백운직물 제품을 구매하고 있는 바이어가 백 사장님을 만나고 싶어합니다. 직접 거래할 수도 있고, 구매 액수를 늘릴 가능성도 많습니다. 연간 2천만 달러 정도로요."

백인홍은 귀가 번쩍 뜨였다. 이현식이 무슨 꿍꿍이 속셈이 있는지는 모르겠으나 그 정도의 액수면 무조건 한번 부닥쳐볼 일이었다.

"제가 그리로 가지요. 언제쯤 가면 편하시겠습니까?"

"빠르면 빠를수록 좋을 것 같은데요."

"내일 아침 비행기를 타지요."

"그럼 이곳 제 집 전화번호를 알려드리겠습니다. 떠나시기 전 집으로 전화 주십시오. LA 공항에서 만나 직접 뉴욕으로 바이어를 만나러 가실 수 있도록 스케줄을 잡아놓겠습니다."

백인홍은 이현식이 불러주는 전화번호를 받아적었다.

"그리고 대하실업에는 이 일을 일체 비밀로 해주십시오."

이현식이 힘주어 말했다.

"물론이지요. 그럼 내일 LA 공항에서 뵙겠습니다."

전화를 끊고 백인홍은 잠시 생각에 잠겼다. 이현식의 마지막 말, 대하실업에는 일체 비밀로 해달라는 말이 중요한 의미를 내포하고 있는 것 같았다. 배신의 냄새가 물씬 풍겨왔다. 그 냄새가 가히 싫지 않았다. 싫지 않다기보다 오히려 환영할 만했다. 배신이 자기편인 경우, 그것은 언제나 향긋한 향기를 간직하고 있다는 것을 그는 알고 있었고, 이현식의 말은 분명히 그런 향기를 풍기고 있었다.

백인홍은 급히 현관을 나섰다. 널찍한 잔디정원을 지나며, 화단에 물을 주고 있는 아내에게 소리쳤다.

"내 짐 좀 싸놔. 내일 아침에 미국으로 출장 가야 돼."

"며칠 동안이나요?"

아내가 물었다.

"모르겠어. 한 일주일 정도 걸릴 거야."

"옆집 김 의원님 부부 초대한 날까지는 돌아와야 해요."

아내가 그의 등에다 대고 소리쳤다. 그는 아내의 말은

듣는 둥 마는 둥 잔디정원 한구석에 있는 커다란 개집으로 갔다. 철창으로 된 개집 둘 중 첫 번째 개집의 문을 열고 들어가 꼬리를 치는 셰퍼드의 머리와 턱을 쓰다듬어주며 셰퍼드의 눈을 응시했고, 두 번째 개집으로 들어가서 진돗개의 앞발을 잡고 일으켜 세운 후 공중으로 들어올리며 진돗개의 눈을 보았다.

그는 개의 눈을 보며 흐뭇한 미소를 지었다. 보통 사람의 눈은 말할 것도 없고, 사랑하는 여인의 눈도 거기에는 비유할 바가 아니었다. 그 눈은 전혀 배신을 모르는 눈이었다. 오로지 믿음만 있는 눈이었다. 사람의 눈 중에서 가장 비슷한 눈을 찾는다면 아마, 아버지에게 호된 매질을 당하는 어린 자식을 보는 어머니의 눈길 정도를 들 수 있을까? 그는 자신이 어렸을 때 그런 눈길을 보내주던, 3년 전에 돌아가신 어머니가 갑자기 그리워졌다.

돌층계를 내려가기 전 백인홍은 자신의 널찍한 잔디정원과 2층 양옥집을 유심히 보았다. 한 달 전 아파트 신

세를 면하고 이곳 고급 단독주택으로 이사를 온 것은 좀 무리이긴 했지만 아주 잘한 일이라는 생각이 들었다. 그가 그토록 원했던 개들을 키울 수 있기 때문만이 아니었다. 사업을 위해 꺼떡대는 친구들과 교제를 하려니 마누라끼리 친하게 지내는 게 제일 효과적이었고, 그러기 위해선 아무래도 이곳 고급주택으로 옮겨 그들과 동네 이웃이 될 필요가 있었다.

특히 김병기 의원 댁과 담 하나를 사이에 둔 이웃이 된 것은 그에게 특별한 의미가 있었다. 완전히 우연이랄 수는 없어도, 그렇다고 의도적으로 김병기 의원 댁과 이웃이 되려고 한 것은 아니었다. 고급주택이 밀집해 있는 동네에서 마땅한 집을 찾다 보니, 집권당의 실력자인 김병기 의원 댁과 저명한 심장병 전문의인 김인주 박사 댁 사이에 있는 집이 매물로 나와 있는 것을 알게 되었고, 그래서 그 집을 사기로 두말 않고 결정했던 것이다.

백인홍은 돌층계를 내려가 철문을 나서 그곳에 대기하고 있는 차에 올라탔다. 차가 움직이자 이 기사에게 중앙병원 영안실로 가자고 이르고 카폰을 집어들었다. 7시 10분을 가리키는 손목시계에 시선을 주곤 버튼을 눌렀다.

"비서실입니다."

김명희의 목소리가 들려왔다.

"아직 퇴근 안 했군."

"네, 지금 퇴근하려던 참이에요."

"미스 김, 지금 당장 내일 아침에 LA로 떠나는 비행기 좌석 예약해. 비즈니스 클래스로 하고, 혹시 자리가 없으면 1등석은 자리가 있을 거야. 그리고 변희성 이사한테 연락해 내 차로 전화해달라고 하고."

전화를 받은 김명희에게 빠르게 지시를 내리고 전화를 끊었다. 그러나 김명희의 명랑한 목소리는 한참 동안 그의 귓전에 맴돌고 있었다. 백인홍은 이번 여행에서 돌아올 때 김명희에게 무슨 선물을 사다줄까, 궁리를 하기 시작했다. 목걸이 · 귀고리 · 팔찌 따위는 이미 서너 번 사다주었고, 향수를 사다주는 것도 이미 졸업한 셈이라 아이디어가 쉽게 떠오르지 않았다. 속옷? 왜 그 생각을 못했지. 백인홍은 속으로 쾌재를 불렀다. 분홍색 브래지어와 팬티만 입은 그녀의 젊은 육체가 상상되었기 때문이었다.

김명희를 언제까지 내 옆에 잡아둘 수 있을까? 아니, 언제쯤 나는 김명희를 새장에서 꺼내 파란 하늘로 날려보낼 수 있을까? 남녀란 만나면 헤어지게 마련. 한쪽이 팔팔하게 살아 걸어나가든, 한쪽이 늙거나 병들어 죽든 두 경우 다 헤어짐은 그냥 헤어짐일 뿐. 이왕 헤어짐이

정해진 길이라면 그 헤어짐이 언제 오는가는 크게 상관할 바 없는 일이 아닌가?

'삐—' 카폰이 울렸다.

"여보세요."

"사장님, 변 이사입니더."

언제나 활력이 넘쳐흐르는 것 같은 변희성 이사의 목소리가 들려왔다.

"대하실업 내에 변 이사 정보통이 아직도 있나요?"

"집안 아이인데 기획실에 있심더."

"저, 다름이 아니고, 대하실업의 LA 지점장 이현식에게 무슨 일이 있나 은밀히 알아보세요. 오늘 중으로요."

"알겠심더. 곧 보고 올리겠심더."

"지금 상가에 가는 중이니까 차로 전화해줘요. 늦으면 집으로 전화하고요."

"알겠심더."

"수고해요."

백인홍은 카폰을 내려놓으며 만족스러운 표정을 지었다. 세상 모든 사람이 자신을 배신한다 해도 변희성과 김명희만은 끝까지 자신에게 충성을 다하리라는 확신이 들어서였다. 포장마차 한구석에 앉아 화로 위 석쇠에 놓인 곰장어를 굽고 있던 모습에서 이제는 40대 중반의 어

20

엿한 중역으로 변해버린 변희성. 그의 큰 덩치와 순박함과 솔직함, 그리고 소싯적에는 씨름장사였다는 전력이 직공들을 다루는 데 큰 역할을 하고 있는 터였다.

변희성은 이현식과 좋은 대조를 이루는 것 같았다. 어떻게 비유할 수 있을까? 변희성이 이미 흘러간 지난 세월 속의 사람이라면, 이현식은 요즘 세상을 살아가는 전형적인 보통 사람이라고 하면 어떨까? 거짓말하고 배반하고, 또 거짓말하고 배신하고…… 거짓말과 배신을 빼고 나면 먹고 자고 배설하는 것 이외에는 별로 할 일이 없는 사람이 바로 요즘 흔히 일컫는 보통 사람이 아닐까? 백인홍은 살그머니 고개를 저었다.

그러나 나한테는 안 되지, 절대로 안 되지. 나는 아무도 믿지 않으니까, 아무도 나를 믿게 할 수는 없으니까. 그는 속으로 중얼거렸다. 그러나 아내와 나의 피를 이어받은 두 자식은 믿는다. 피를 이어받았으니 믿어도 된다는 것이 아니다. 다른 사람을 믿지 않는 이유가 가족을 안전하게 보호하기 위해서이기 때문이다.

그럼 가족 외에 내가 믿는 사람이 또 있는가? 백인홍이 자신에게 물었다. 그렇다. 바로 내 옆에 있다. 김명희와 변희성.

김명희는 왜 믿을 수 있는가? 아버지를 일찍 여의고

불우한 소녀 시절을 보냈으면서도 때묻지 않은 순수한 마음씨를 가졌기 때문만도 아니고, 가족을 팽개치고 영화에 미쳐 날뛰다가 일찍 돌아가신 아버지를 원망하지 않는 그녀의 착한 마음씨 때문이라고도 할 수 없었다. 김명희라는 여자는 세상에 태어나서 20여 년을 사는 동안 거짓말하는 것과 남을 미워하는 것을 전혀 배우지 못한 것 같았다. 김명희는 백인홍 자신이 살아온 세상과는 전혀 다른 세상에서 온 사람처럼 느껴졌다.

그렇다면 변희성은 왜 믿지? 경북 안동의 양반집 자손으로 그가 의리를 삶의 신조로 삼기 때문만도 아니고, 씨름꾼 출신의 독특한 순박함이 이유라고도 할 수 없고, 그를 인생의 밑바닥에서 끄집어내 한번 사람다운 인생을 살도록 해준 사람이 백인홍 자신이기 때문만도 아니었다. 변희성은 배신을 음모할 머리가 모자랐다. 모자라는 머리, 그것은 길거리에 내버려져 세상 사람들의 발길에 이리저리 차이는 흙 속에 묻힌 보석, 볼 수 있는 눈을 가진 사람에게만 보이는 귀중하고 희귀한 것이었다.

"사장님, 저, 미스 김이 모델로 뽑힌 거 아세요?"

이 기사가 백미러를 보며 말했다.

"미스 김이라니?"

"비서실 김명희 씨요."

"그래? 무슨 모델인데?"

"화장품 회사 전속 모델로 뽑혔대요. 3백 명 이상이 지원했는데 미스 김만 뽑혔대요. 제 친구가 그 회사 기사로 있는데 알려주었어요."

"그거 잘됐군."

말은 그렇게 했지만 백인홍의 심정은 매우 착잡했다. 가족을 제외하고는 그가 경계할 필요가 없는, 그가 솔직해질 수 있는 한 사람을 잃어버린다는 아쉬움이 밀려들었다. 동시에 그는 어려운 수수께끼가 풀렸을 때처럼 홀가분한 기분도 들었다. 언젠가 자신의 품속을 떠나야 할 여자라면, 서로 깊은 정이 들기 전에, 서로가 서로의 마음에 상처를 주기 전에 떠나는 것이 좋을 것 같았다. 누가 뭐라 하든 김명희는 아름답고 착한 여자이고, 그런 여자에게 자신의 진정한 모습을 찾게 해준 것은 나 자신의 힘, 아니 좀더 솔직히 말하면, 돈의 힘이었다. 하지만 그것이 돈의 힘이었다 하더라도, 돈을 어떻게 그보다 더이상 잘 쓸 수 있었겠는가!

가만히 생각해보니 지난 1년 반 동안의 정신없이 바쁜 생활 속에서 그래도 자신을 이해하는 여자가 있었다면 김명희라는 여자뿐이었다는 생각이 들었다. 가정을 지키는 아내는 자신을 이해할 수 없었고, 그 역시 아내가 이

해해주기를 원하지도 않았다. 가정 밖에서 벌어지는 험한 세상사와 자신이 맡고 있는 악역이 아내에게만은 알려지지 않기를 원했기 때문이었다.

뭔지 모르지만 김명희만은, 과거의 자신의 인생 항로에서 잠시 동반했거나 인생 항로의 앞길을 슬쩍 스쳐지나간 몇몇 여자들과는 다른 데가 있다고 그는 결론지었다. 거장의 두 손으로 빚어졌을 것 같은 아름다운 육체를 지닌 그녀는 섹스를 몰랐다. 섹스를 알면서 모르는 척하거나 모르면서 아는 체하는 것이, 자신과 한번이라도 몸을 섞은 여자들의 태도였으나 김명희는 섹스를 모르면서, 모르는 것을 숨기지 않았다.

그녀가 즐긴 것은 섹스 그 자체가 아니라 '가까움'이라고 그는 생각했다. 벌거벗은 육체와 육체의 가까움, 허식이 제거된 마음과 마음의 가까움. 백인홍은 차창 밖으로 시선을 보냈다. 올림픽대로 옆으로 흘러가는 한강은 바닷물처럼 출렁이고 있었다. 그러나, 하고 그는 생각을 계속했다.

김명희는 언젠가 그녀의 겉과 속을 홀딱 뒤집어놓을 오르가슴이라 불리는 짧은 환희의 세계를 발견할 것이고, 그때부터는 그녀가 섹스로 잘못 알았던 '가까움'은 한갓 어린애 장난으로 인식할 것이다. 김명희에게 새로운 세계를 발견하게 할 남자가 자신은 아니라는 것을 백인홍은 알고 있었다.

그렇다. 분명히 그렇게 될 것이다. 백인홍은 속으로 중얼거렸다. 약삭빠른 장사꾼이 코 묻은 돈으로 소년의 순진함을 앗아가듯이 어떤 남자가 김명희에게 오르가슴이라는 새로운 세계를 열어줄 것이다. 그 순간이 지나면 그녀는 그 흔하디흔한 한 사람의 여자가 되는 동시에 더이상 그가 믿을 수 있는 여자가 아닐 것이다. 긴 시간이 아니고 짧은 시간, 영원이 아니고 순간이라도, 그 순간이 지나면 김명희는 이미 그가 아는 김명희가 아닐 것이다. 어떤 남자가 김명희를 그렇게 변화시킬까? 자신은 분명 그 남자가 될 수 없다는 것을 백인홍은 알았다. 그리고 그러한 생각이 그를 침울하게 했다.

올림픽대로를 빠져나오자 곧 병원 건물이 보였다. 그는 문득 '인생을 살아나가면서 경찰서와 병원만 멀리할 수 있으면, 그것이 바로 행복한 인생이다'라는 누군가의 말을 떠올렸다.

그러나 그것은 진실이 아니라고 생각했다. 1년 반 전에 그에게 진정한 자신을 찾게 해준 고마운 곳이 경찰서와 매한가지인 검찰청이었고, 현재에는 필요한 끄나풀을 손쉽게 이어주는 곳이 병원의 영안실이라는 사실을 그 누가 알겠는가! 백인홍은 영안실 입구에 도착한 차에서 내렸다.

영안실 입구 옆에 붙여놓은 상가의 상주 이름들을 훑어보았다. 송(宋) 상가 옆에 눈에 익은 다른 상가가 눈에 띄었다. 권혁배 의원과 한 번 자리를 같이한 적이 있는 검찰 고급 간부의 이름이 거기에 있었다. 송 상무는 역시 운이 좋은 사람이 아니라고 백인홍은 단정했다.

아니나 다를까, 영안실에 들어서자 두 상가는 양과 질에서 뚜렷한 차이를 보였다. 송 상무 상가가 검찰 고급 간부 상가에 비해 영안실 면적이나 문상객의 수준과 규모, 조화의 수와 그것을 보낸 사람들의 지명도 등등 여러 면에서 처졌다. 검찰 간부와 같은 날짜에만 상을 당하지 않았더라면 송 상무도 누구 부럽지 않은 장례를 치를 수 있을 터인데, 망자의 재수라고밖에 할 수 없었다.

백인홍은 영안실을 뒤돌아서 나와 다시 차로 갔다. 뒷좌석 중간에 놓인 박스를 열고 먹글씨로 '賻儀'라고 쓰인 봉투 두 장을 꺼냈다. 자신의 이름과 권 의원의 이름을 쓰고, 십만 원짜리 수표 한 장씩을 넣었다. 혹시나 왼쪽 안주머니에 있는 송 상가에 줄 부의 봉투와 바뀔까봐 검찰 간부 상가에 갈 봉투는 오른쪽 주머니에 넣었다. 기사에게 변 이사가 연락해오면 두 상가 중 한 군데서 자기를 찾으라고 이르고 차에서 내렸다.

일단 송 상무 상가에 먼저 갔다. 문상객이 모여 있는 곳을 지나면서 어떤 부류의 사람들이 자리를 차지하고 있는지 슬쩍 훑어보았다. 이른 시간이라 그런지 거물들은 그다지 눈에 띄지 않았다.

영안실 내에는 검은색 양복과 넥타이로 정장을 한 은행원들이 시중을 들고 있었다. 낯이 익은 은행원이 앉아 있는 접수대로 가 봉투를 내놓았다. 문상객 명부에 이름을 쓰면서 그는 마음이 놓였다. 어떤 놈이 부의금을 슬쩍할지도 모르는데 은행원이 접수했으니 안심이 되었다. 돈의 액수가 크기 때문만이 아니었다. 백인홍 자신으로서는 그것이 송 상무에게 보내는 화해 서한 격인데, 송 상무의 부친이 두 번 죽을 수도 없는 상황에서, 화해 서한이 제대로 전해지기를 바라는 마음 때문이었다.

"목례를 하시기 바랍니다."

국화꽃 한 송이를 건네주며 또 다른 직원이 그에게 말했다. 그는 신을 벗고 제단 앞으로 갔다. 안기부 부장과 국회의장이 보낸 조화가 제단 양쪽에 버티고 있었고, 조금 떨어져 재무부 장관과 은행장이 보낸 조화가 자리잡고 있었다. 백인홍은 제단 위에 국화꽃 한 송이를 놓고 몇 발자국 뒤로 물러나, 직원이 알려준 대로 목례를 하지 않고 넙죽 큰절을 올렸다. 잠시 엎드려 있다가 일어나 또 한 번 큰절을 한 후 왼쪽에 서 있는 상주인 송 상무와 가족에게 다시 큰절을 했다. 목례를 기대했던 송 상무가 잠시 우물쭈물하더니 따라 맞절을 했다.

"얼마나 슬프십니까? 심심한 조의를 표합니다."

백인홍이 꿇어앉아 상주인 송 상무에게 머리를 조아리며 말했다.

"바쁘신 와중에 이렇게 와주셔서 고맙습니다."

송 상무가 정중하게 조의에 답례했다.

"고인께서 병석에 오래 계셨는지요?"

"네, 1년 동안 병석에 계셨습니다. 노환이셨지요."

백인홍은 고개를 들었다.

"장지는 어디로 정하셨는지요?"

"고향 선산에 모시기로 했습니다."

"자주 찾아뵙지 못하다 이런 일을 당하고서야 찾아뵙게 되니 무어라 사과의 말씀을 드려야 할지 모르겠습니다."

백인홍이 다시 머리를 조아리며 말했다.

"무슨 말씀을……."

자리에서 일어서다 말고 다시 앉아 백인홍은 말을 이었다.

"송 상무님, 죽을 때까지 은혜를 잊지 않겠습니다. 마음속으로 누구보다 존경합니다. 잘못이 있더라도 용서해 주십시오."

얼떨떨해하는 송 상무의 표정이 곁눈질로 보였다.

백인홍은 자리에서 물러나 문상객이 모인 곳으로 갔다. 그는 중앙 탁자에 둘러앉아 있는 사람들에게로 시선을 보냈다. 그래도 문상객들 중 거물들이 모여 앉아 있는 곳이었으나, 대개 전직 장관이나 전직 행장들로 한물간 인물들이라 공연히 거기에 끼어 다른 장사꾼들의 눈총을 받을 필요가 없을 것 같았다.

그는 먼저 업자(業者)들이 모인 구석으로 가 그들 사이에 끼어 앉았다. 바쁜 시간에 틈을 내 얼굴이라도 비치고 부의를 전하려고 할 수 없이 왔다고, 하나같이 지친 얼굴에 훤히 쓰여 있었다. 졸때기 친구들과 대화할 것도 없고, 같이 앉아 있어봐야 아무 쓸모도 없이 세상에 대한 불평만 늘어놓을 것이 뻔해, 마지못해 소주 몇 잔을 얻어 마시고 자리에서 일어났다. 다음으로 은행 부장급 간부들이 모인 곳으로 갔다. 그들과 인사를 나누면서 정부장을 찾았으나 그곳에 없었다. 거기에 있는 사람들과 이런저런 허튼 이야기로 잠시 시간을 보내다가 자리에서 일어났다.

　백인홍은 검찰 고급 간부의 상가에 들어서며, 역시 권력이 좋긴 좋구나, 하고 감탄했다. 돈 싸들고 고시 합격한 신랑감을 죽자 사자 찾아다니는 부모의 심정이나, 너 죽고 나 죽자 하는 식으로 아들을 사법고시의 관문으로 몰아붙이는 어머니의 심정이 이해되고도 남았다. 처음부터 지키지도 못할 법을 만들어놓고는 필요에 따라 선택적으로 법을 집행하는 세상인지라 칼 든 사위나 아들 하나쯤 두고 싶어하는 부모를 누가 탓할 수 있겠는가!
　부의를 전하고, 위패를 모신 곳에 두 번 절을 하고, 상주와 맞절을 하고 꿇어앉았다. 심심한 조의를 표합니다……로 시작하여 방금 전과 비슷한 질문, 비슷한 답을 주고받았다.
　"권혁배 의원은 해외여행 중이라 못 왔습니다."
　백인홍이 검찰 간부인 상주에게 정중하게 말했다.
　"알고 있습니다. 바쁘신 와중에 이렇게 찾아주셔서 감사합니다."
　상주가 고마움을 표시했다.

다음 문상객이 와 그는 자리에서 일어났다. 주위를 둘러보자 송 상무 상가의 엄숙함과는 달리 경사를 치르는 집안의 분위기 같았다. 물론 호상인지라 문상객이 침통한 표정을 짓고 있을 필요는 없다 하더라도, 그래도 그렇지 문상한다고 찾아와 떡 버티고 앉아 먹고 마시고 떠들어대며, '자, 나도 조의금을 냈으니 한잔 걸쳐도 나무랄 사람이 없을 것이다' 하는 태도를 취하고 있는 문상객들은 상가에 왔는지 술집에 왔는지 구분을 못하는 사람들 같았다.

특히 권세 있는 집안의 상사(喪事)에 온 것조차 무슨 큰 유세나 되는 것으로 아는지 문상객 모두가 으쓱해 있는 것 같았다. 잘난 놈은 못난 놈들하고 같이 앉아 있으니 잘난 값 하느라고, 못난 놈은 잘난 놈과 마주 앉아 대작을 하고 있으니 기분이 좋아져서……. 백인홍은 얼른 그곳을 뛰쳐나오고 싶었다.

마침 헐레벌떡 뛰어오는 이 기사의 모습이 보였다. 그는 출구 쪽으로 갔다.

"사장님, 변 이사님께서 급한 전화라고 5분 내에 차로 다시 전화하겠다고 했습니다."

"알았어."

백인홍은 차 있는 곳으로 천천히 걸어갔다. 대하실업

의 이현식 지점장에 관해 무슨 정보라도 얻었는가…….
차에 올라타자 잠시 후 전화가 걸려왔다.

"사장님, 박수근이 드디어 걸려들었심더. 그자가 지금
혼자 술집에 나타났심더."

"뭐요? 몇 시에 어디서요?"

백인홍이 흥분해서 물었다. 변 이사를 시켜, 그리고
변 이사는 자신의 운동선수 후배들을 시켜 박수근이 술
집에 혼자 있게 되는 날을 1년 가까이 기다렸으니 백인
홍이 흥분할 만도 했다.

"청계천 3가 은성 비어홀에 방금 혼자 들어갔심더. 후
배가 지배인에게 물어보니 오늘은 혼자서 술 마시기로
했답니더."

변희성이 흥분을 감추지 못했다.

"알았어요. 내 곧 그리로 가지요."

수화기를 내려놓자마자 백인홍은 이 기사에게 '청계
천 3가 쪽으로…… 빨리……'라고 외쳤다.

백인홍은 자신도 모르게 이마에 손이 갔다. 1년 반 전
어느 날, 검찰청 심문실에서 박 수사관의 오만방자한 장
지가 튕겨졌던 그의 이마에 흔적이 남아 있을 리 없었
다. 그러나 백인홍은 1년 반 동안이나 이마에 큰 혹을 달
고 다녔다는 느낌을 버릴 수 없었다. 오늘이 그 지긋지

긋한 혹을 떼는 날. 바로 오늘 박 수사관의 장지가 부러지는 순간 그의 이마에 달린 혹이 사라지리라는 것을 그는 알고 있었다.

그가 탄 차는 청계천 3가에서 골목길로 접어들었다. 경제 발전의 혜택을 피하기만 했는지 작고 조잡한 건물들이 다닥다닥 붙어 있는 골목 안은 음침하고 갑갑해 숨이 막힐 것 같았다. 박수근 같은 자에게 딱 어울리는 장소였다.

얼마 안 가 차는 멈췄고, 백인홍은 차창을 통해 3층짜리 벽돌색 건물에 달린 '은성 비어홀'이라는 간판을 확인했다. 차에서 내리자 변희성이 그에게 다가왔다.

"박수근이 비어홀 10호실에 혼자 있는 것이 확인되었심더. 물론 호스티스는 있지만서도."

"준비는 어떻게 됐어요?"

"후배 아이들 둘이 지금 9호실에서 대기하고 있는 상태입니더. 박수근이 술 취하길 기다리고 있심더. 그깐 놈 후배 애들이 달려들면 꼼짝달싹 못하겠지만 행여나 나중에 문제가 생길까봐 술에 취해 싸운 것처럼 할려고 그럽니더."

변희성이 신이 나서 말했다.

"후배들이 나의 존재에 대해서는 모르지요?"

"그라믄요. 지가 원한이 있는 놈이라 캤심더."

"그럼 나머지 일은 후배들한테 맡기고 변 이사는 여기를 떠요. 나중에 나하고 연관 지을지 모르니."

"알겠심더. 그리 하지예."

"그리고 대하실업의 이현식 지점장 건에 대한 정보는 없나요?"

"알아봤심더. 대하실업 회장의 둘째아들인 진성호 차장이 이현식 지점장 모가지를 벨라고 미국으로 떠났다 캅니더."

"수고했어요."

"그럼 가보겠심더."

잠시 후 변 이사가 멀리 가는 것을 확인한 후 백인홍은 비어홀에 들어갔다. 웨이터에게 11호실을 달라고 했다. 11호실로 안내한 웨이터가 기본을 주문하겠느냐고 물어오자, 그는 그것이 뭔지도 모르고 그렇게 하마고 했다.

백인홍은 실내를 둘러보았다. 검찰청 심문실과 비슷한 넓이의 방에는, 심문실의 높다란 책상과 딱딱한 나무의자 대신에 길쭉한 소파 두 개가 탁자를 사이에 두고 놓여 있었고, 바닥에서는 심문실의 텁텁한 땀 냄새 대신에 썩은 맥주 냄새가 났다.

그는 자리에서 일어나 10호실 쪽 벽에 귀를 갖다대었

다. 무슨 말인지는 못 알아듣겠으나 헉헉대는 이상한 소리가 들려왔다. 갑자기 노크 소리가 나자 백인홍은 벽에서 떨어져 소파에 앉으며 '예' 하고 대답했다. 문이 열리면서 맥주 다섯 병과 마른안주가 담긴 쟁반을 들고 들어서는 웨이터 뒤로, 목이 깊게 파지고 넓적다리가 다 드러날 정도의 짧은 검은색 원피스, 아니 원피스라기보다는 수영복에 가까운 옷을 입은 앳된 아가씨가 들어섰다. 초저녁인데도 이미 여러 잔 걸쳤는지 아가씨의 눈이 많이 풀려 있었다.

"인사드릴까요?"

웨이터가 문을 안으로 잠그고 나가자 아가씨가 말했다. 그러지, 하고 백인홍이 우물쭈물 말했다. 아가씨는 소파에 올라서더니 원피스를 머리 위로 훌렁 벗었다. 깜짝 놀란 백인홍은 분홍색 브래지어와 팬티만 걸친 아가씨를 바라볼 수밖에 없었다. 아가씨는 브래지어를 등 뒤로 끌렀다.

"이제 됐어요?"

"……."

"계속 끝까지 해야 돼요?"

백인홍이 여전히 침묵을 지키자 그녀는 허리를 굽히며 두 손으로 팬티를 발목 쪽으로 끌어내렸다. 아가씨가 자신감을 가질 만큼 나신은 예뻤다. 음모가 있는 곳은, 그것의 소유자가 어떤 더러운 과거를 가졌고 어떤 정신 상태이든 간에, 여전히 수줍음과 순진함을 그대로 간직하고 있었다.

아직 내게 순진한 면이 남아 있기 때문인가? 백인홍은 침울해졌다. 아무리 돈 때문이라고 해도 나이 어린 여자가 처음 보는 뭇 남자 앞에서 음부를 드러내놓게 하다니! 이런 개만도 못한 놈들!

그는 자신도 모르게 앞에 놓인 마른안주 접시를 들어 10호실 쪽 벽을 향해 힘껏 던졌다. 와장창하고 접시 깨지는 소리에 혼비백산한 아가씨가 새파랗게 질려 얼른 팬티를 입고 원피스를 두 다리에 끼면서 문 쪽으로 나가려고 했다. 백인홍은 얼른 자리에서 일어나 아가씨를 잡았다. 바들바들 떠는 아가씨를 한 손으로 잡고, 한 손으로 수표를 꺼내 그녀의 손에 쥐어주었다.

"미안해. 아가씨 때문이 아니야."

백인홍이 말했다. 아가씨가 갑자기 울기 시작했다.

"용서해줘. 내가 다른 생각이 나서 그랬어. 옷 입고 자리에 앉아. 그냥 맥주나 마시고 가. 미안해."

아가씨가 눈물을 닦으며 그를 멍하니 쳐다보았다. 그녀를 옆자리에 앉히고 잔에 맥주를 따라주었다. 그제서야 그녀는 미소 지어 보였다.

"어떤 새끼야? 왜 지랄들이야?"

10호실로부터 굵직한 남자 목소리가 들려왔다.

"좀 조용히 하고 술 마실 수 없어?"

똑같은 목소리가 이제는 좀더 크게 들려왔다.

"지랄하지 말고 하던 짓이나 계속해, 이 개새끼야."

백인홍이 10호실에다 대고 소리쳤다. 어느 때보다 개새끼라는 말을 가장 적절하게 사용했다는 생각이 들어서, 그는 피식 웃었다.

그 순간 10호실 문이 '꽝' 하고 열리는 소리가 나더니, '지배인 어딨어?'라는 고함 소리가 들렸다. 백인홍은 퍼뜩 기발한 아이디어가 떠올랐다. 이왕에 박수근과 시비가 붙은 판이니 자신의 손으로 박수근의 장지를 부러뜨려야겠다는 생각이 들었다. 더없이 통쾌할 것 같았다.

백인홍은 자리에서 벌떡 일어나 문을 열었다. 복도에는 아무도 없었고, 10호실 문이 열려 있었다. 그는 성큼 복도로 나서 옆방인 10호실 문 앞에 섰다. 희미한 불빛 사이로 사나이가 자리에서 벌떡 일어나는 게 보였다. 잘 알아볼 수 없어도 사나이의 거친 숨소리만으로도 그가 누구인지 알고도 남았다.

백인홍은 룸 안으로 들어서면서 전기 스위치를 내리는 동시 테이블 위에 놓인 맥주병을 집어들었다. 그는 맥주병을 테이블 모서리에 내리쳐 깬 후 깜짝 놀라 일어나는 박수근에게 한 발짝 다가섰다. 바들바들 떨고 있는 아가씨의 모습이 복도에서 들어온 희미한 불빛에 드러났다.

"너 이 새끼! 아까 뭐라고 그랬어?"

백인홍이 소리치자 박수근이 잠시 그의 위세에 눌려 뒷걸음질을 쳤다.

"꿇어앉아. 이 새끼야!"

백인홍이 깨진 맥주병을 그의 앞에 들이밀면서 다시 소리쳤다. 박수근이 꿇어앉으려는 양으로 몸을 낮추는 듯싶더니 순식간에 그의 오른발이 깨진 맥주병을 들고 있는 백인홍의 오른손 손목을 쳤다. 맥주병을 놓친 순간 백인홍은 박수근을 향해 몸을 던졌다. '억' 하고 배를 움켜잡고 뒤로 쓰러지는 그를 깔고 앉았다. 백인홍은 있는 힘을 다해 주먹으로 그의 얼굴을 내리쳤다. 백인홍은 박수근의 뼈, 아마 코뼈 같은 딱딱한 것이 빠개지는 것을 손등으로 느끼는 동시에 '삐걱' 하는 소리를 들었다. 일은 간단히 끝난 것 같았다.

백인홍은 자신이 생겨 박수근의 두 팔을 자신의 양팔로 힘주어 잡고 자신의 이마를 박수근의 얼굴을 향해 아래로 내리꽂았다. 박수근의 얼굴이 묵사발이 되었으리라는 기대에 속이 시원해졌다. 다음 순간 백인홍은 자신의 이마가 얼얼해옴을 느꼈다. 어느새 박수근의 머리는 옆으로 살짝 피해졌고, 자신의 이마는 애매한 양탄자 위를 들이받았다는 것을 백인홍은 알아차렸다.

백인홍은 박수근이 황무석과는 클래스가 다르다는 것을 깨달았다. 그런 급한 상황에서도 머리를 피하는 박수근은 역시 프로다웠다. 얼른 일을 해치워야지 시간을 끌다간 박수근한테 오히려 당할지도 모른다는 생각이 들었다. 백인홍은 자신의 몸 아래 깔려 자신의 왼손에 잡혀 있는 박수근의 오른손에 시선을 주었다.

박수근의 오른손 장지가 복도에서 들어온 희미한 불빛에 뚜렷이 떠오르자 그는 마음이 달아올랐다. 백인홍은 자신의 왼손만으로 박수근의 장지가 잡힐 듯 잡힐 듯 했으나 쉽게 잡히지 않자 급한 마음에 박수근의 왼손을 잡고 있는 손을 떼어 박수근의 오른손으로 가져갔다. 그 짧디짧은 순간 백인홍은 방금 자유로워진 박수근의 왼손이 무엇을 할까 궁금해졌다.

다음 순간 박수근의 왼손이 정확히 자신의 목덜미에

가라테식 타격을 가했다는 사실을 알았다. 백인홍은 정신이 혼미해지면서 박수근의 왼손을 놓아준 것이 치명적인 실수였다는 것을 알았다. 그때 벌떡 일어난 박수근의 발길이 옆으로 엎어진 백인홍의 가슴을 파고들었다.

"뭐 이따위 새끼가 있어? 너 이 새끼 내가 누군 줄 알고 까불어?"

박수근이 식식거리며 한마디 내뱉은 후 또다시 가슴의 통증을 못 이겨하는 백인홍을 걷어찼다. 백인홍은 사력을 다해 몸을 일으키려고 했으나 몸이 마비가 된 듯 움직여주지 않았다. 자신의 목덜미에 가해진 박수근의 가라테식 타격이 잠시 자신의 몸을 마비시켰다는 것을 그는 알았다.

"너 같은 깡패 새끼는 콩밥을 먹어도 단단히 먹어야 돼…… 아가씨, 지배인 데리고 올 테니까 여기서 기다려. 이 새끼 당장 감방에 처넣어야겠어."

박수근이 코를 잡고 나가자마자 백인홍은 상체를 간신히 일으켜 세울 수가 있었다. 박수근이 내려친 목덜미 부위를 힘껏 문지르자 몸에 피가 다시 돌기 시작하는 것 같았다. 그는 일어서다 말고 넘어졌다가 다시 천천히 일어섰다. 문 쪽으로 돌아서서 비틀거리며 한 발짝 옮기는 순간 룸 안으로 들이닥치는 건장한 두 청년과 마주쳤다.

두 청년이 그를 밀쳐 그는 뒤로 벌렁 넘어졌다.

두 청년이 넘어진 백인홍의 머리를 쥐어박은 후 가슴과 발 쪽에 올라탔다. 가슴에 올라탄 청년이 백인홍의 왼손을 오른발로 누르고 왼발로 백인홍 입을 누르면서 오른손을 잡았다. 그 순간 그는 두 청년이 변 이사의 후배들로 자신을 박수근으로 착각하고 있다는 것을 알아챘다. 그의 장지가 한 청년의 손에 잡혔다. 백인홍은 소리를 지르려고 했으나 청년의 발에 그의 입이 짓눌려 입을 뗄 수가 없었다.

백인홍의 장지가 청년에 의해 부러지려는 찰나, 지배인이 손으로 코를 가리고 있는 박수근과 함께 뛰어들어오면서 박수근에게 '박 사장님, 어느 놈이 박 사장님에게 횡포를 부렸어요?'라고 소리쳤다. 두 청년이 잠시 어리벙벙해 있다가 벌떡 일어나더니 지배인을 밀쳐버리고 이번에는 박수근을 올라탔다.

잠시 후 '뿌드득' 하는 소리와 함께 짐승이 울부짖는 듯한 괴성이 들려왔다. 두 청년이 후다닥 밖으로 뛰어나갔다. 곧이어 박수근이 왼손으로 코를 쥐어잡고 오른손을 덜렁거리며 '병원으로, 병원으로'라고 소리치며 뒤따라 나갔다. 구석에서 잔뜩 겁에 질려 있던 아가씨도 엉금엉금 그를 따라 나갔다.

백인홍은 일어나 앉았다. '괜찮으세요'라는 말이 들려와 그곳으로 시선을 보내니 11호실에 있던 아가씨가 걱정스러워하는 표정을 짓고 서 있었다. 백인홍은 일어나 문 쪽으로 가 아가씨의 어깨를 감쌌다. 그리고 옆에 지켜보고 서 있던 지배인에게 작은 소리로 말했다.

"우리 다른 방으로 옮겨줘. 누가 찾으면 그냥 갔다고 하고. 그리고 제일 비싼 양주로 가져오고, 이 아가씨는 오늘 저녁 나하고만 있어야 돼. 알겠어? 양주 값은 두 배로 내지."

잠시 후 그를 구석방으로 안내한 지배인에게 수표를 건네주었다. 지배인이 만족스러운 미소를 띠며 나간 후 여전히 겁에 질려 웅크리고 있는 아가씨에게 말했다.

"겁먹지 마. 나는 나쁜 사람이 아니야."

"알고 있어요. 그래도 무서워요."

"아가씨는 나한테 기가 막히는 행운을 가져다주었어. 아무 걱정 마. 자, 이제 제대로 한잔하지."

웨이터가 양주와 안주를 가지고 왔다. 백인홍은 두 잔을 따라 한 잔을 아가씨에게 주었다.

"마셔봐. 무서움이 사라질 거야."

백인홍은 단숨에 들이켰고, 아가씨는 찔끔찔끔 마셨다.

"이름이 뭐야?"

"명희요, 정명희."

이건 또 무슨 행운인가! 백인홍은 마음속으로 쾌재를 불렀다. 김명희가 떠날 듯하니 또 다른 명희가 찾아오다니! 이런 행운이 언제까지 계속될까?

"정명희 씨!"

백인홍이 엄숙하게 불렀다.

"네?"

"정명희 씨는 오늘 생애 최고의 행운을 잡았어. 왠지 알아? 내가 정명희 씨의 운명을 바꿔놓겠어. 오늘로서 이런 술집 생활은 마지막이야."

정명희가 의아해하는 눈빛을 보냈다.

"어떻게 바꿔놓느냐고? 생면부지의 남자에게 옷을 벗어 인사하는 여자에서, 세상의 뭇 남자가 감히 말도 걸지 못할 여자로 새로 태어나게 해줄 거야. 내일 전화해. 자, 이제 멋지게 마시지."

백인홍은 명함을 그녀에게 건네주고 술을 따라 입안에 탁 털어넣었다. 그 순간 불현듯 아버지가 도대체 얼마나 많은 여자들의 인생을 망쳐버렸을까? 하는 의문이 들었다. 그는 수표 몇 장을 꺼내 어리둥절해 있는 그녀 앞에 내밀며 말했다.

"이 돈으로 먼저 숙소를 고급 하숙으로 옮겨. 그리고

비서 학원, 차밍스쿨에 등록을 해."

"저한테 왜 이러시죠?"

정명희가 수표를 받아들며 어리둥절해 물었다.

"사람한테는 누구나 언젠가 행운이 찾아오게 마련이야. 명희 씨한테는 오늘이 바로 그날인 거고."

"이마에서 피가 나요. 병원에 가셔야 해요."

필요 없어, 하면서 백인홍은 술병을 들어 이마에 부었다. 짜릿한 통증이 더없는 희열로 바뀌었다. 입술로 흘러내리는 술을 핥아내며 그는 확신했다. 자신의 이마에 있던 혹은 이제는 영원히 사라져버렸다고.

2. 냉혹한 젊음 : 진성호

- 비리 행위에 대한 견제와 함께 누이를 위해 복수를 준비하는 진성호.
- 진성호는 비제조업을 하는 친구를 얕보지만, 실제로 제조업으로 성공하는 경우는 드물며, 대부분 부동산으로 성공하게 된다. 그 이유는 아마도 부동산은 직원들처럼 말도 할 수 없고, 도망갈 수도 없기 때문일 것이다.
- '레닌'의 공산주의가 성공할 수 없었던 이유는 '종교는 민중의 아편이다'라고 주장했기 때문이다. 실로 종교는 자본주의에 가장 적합하다. 재산은 신의 축복이라는 믿음이 있으니 말이다.

　진성호는 눈을 번쩍 떴다. '윙' 하는 비행기 엔진 소리만이 들릴 뿐 한밤중의 고요함이 태평양 위를 나는 기내의 비즈니스 클래스 안을 지배하고 있었다. 그는 한 줄기 불빛이 드러내고 있는 서류에 잠시 시선을 주었다. 서류를 검토하다가 깜박 잠이 들었던 모양이었다. 그는 자리에서 일어나 뒤쪽에 있는 기내 주방으로 갔다.

　"미안하지만 따뜻한 커피 한잔 할 수 있을까요?"

　커튼을 젖히자 뒤를 돌아보는 스튜어디스에게 진성호가 말했다.

　"좌석으로 갖다드릴게요."

진성호는 자리로 돌아와 앞에 놓인 서류 위에 메모를 하기 시작했다.

잠시 후 스튜어디스가 커피잔을 들고 다가왔다.

"여기 커피 있어요. 서울을 떠난 후부터 일만 하시네요…… 좀 쉬어가며 하세요."

스튜어디스가 미소를 지으며 속삭이듯 말했다.

"쉴 수 있는 형편이면 얼마나 좋겠어요. 일복을 타고 난 사람은 할 수 없는 것 같아요."

진성호는 미소 속에 스튜어디스에게 말했다. 스튜어디스가 간 후 그는 반대편 쪽 창문 옆좌석으로 시선을 돌렸다. 거기에는 일복을 타고나지 않은, 요리조리 요령을 피우며 편안하게 인생을 사는 사람이 깊은 잠에 빠져 있었다. 비행기에 오르자마자 석간신문을 뒤적거리다가 저녁을 먹고 난 후 주간지를 훑어보면서 위스키 몇 잔을 마시더니 그만 꿈나라로 떨어진 대하실업의 경리 담당 상무인 박인태가 그곳에 있었다.

진성호는 박 상무에게 보내던 시선을 거두며 눈을 감았다. 1년 반 동안 대하실업의 기획실에 몸담고 있으면서 그가 내린 결론은 무사안일에 빠져 있는 중역들을 갈아치우지 않고는 회사가 발전할 수 없다는 것이었다. 그 중에서도 지금 반대쪽 좌석에서 꿈나라에 빠져 있는 박인태 상무와 미국 LA 지점의 지점장으로 있는 이현식 이사 겸 지점장을 첫 번째로 꼽았다. 박인태 상무가 형 진성구 사장의 손윗동서이고, 이현식 지점장이 성구 형의 대학 선배로 성구 형과 밀착되어 있기 때문만이 아니었다.

무능하고 무사안일한 데다가 약아빠져 기회만 있으면 슬쩍슬쩍 자기 주머니 채우기에 급급한 자들이라는 물증을 확보했기 때문이었다. 아니, 이제는 슬쩍슬쩍이 아니라 오너 측에 대한 태도가 '너도 어떤 식으로 부를 축적했는지 다 아는 판인데 나라고 고지식하게 회사에서 받는 쥐꼬리만 한 봉급만 가지고 노후생활에 대비하는 바보가 될 수 없지 않느냐' 하는 식이었다. 그러니 중역들의 비리는 점점 더 심해지고, 그러다 보니 자연히 회사에 대한 충성심이 없어지고, 결국 회사는 어떻게 되든 자기들 실속만 채우자는 격이었다.

그런 범주에 속한 사람으로는 하청 업무를 담당하고 있는 황무석 이사가 대표적인 인물 같았다. 그러나 황무석은 쉽게 손댈 인물이 아니라는 것을 그는 알고 있었다. 자신과 대적할 만한 골프 실력 때문은 물론 아니었다. 서너 번 회사일로 가게 된 골프장에서 관찰한 황무석은 교제 범위가 넓어 힘깨나 쓴다는 수사기관, 특히

안기부나 보안사에 호형호제하며 지내는 친구가 많은 것 같았다. 더군다나 박인태 상무나 이현식 지점장과는 달리 성구 형와 아무런 사적인 관계가 없으니 괜히 섣불리 건드렸다가 일이 잘못되어 길길이 날뛰는 날이면 황무석을 저지할 방패막이가 없다는 사실도 중요한 이유였다.

뿐만 아니라 황무석은 여러 모로 쓸모가 있을 것 같았다. 얼마 전부터 기회가 있을 때마다 자신에게 접근해 회사 중역들의 비리를 은밀히 알려주어왔고, 하청업체에서 쥐어짜낸 자금이긴 하지만 심심찮게 기획실 몫으로 비자금을 마련해주어, 자신이 그 돈으로 회사에 눈치를 보이지 않고 그럭저럭 주위의 영향력 있는 사람들에게 명절날 후한 선물로 정을 표시할 수 있었던 것도 사실이었다.

돌이켜보면 모든 것의 원흉이 그 빌어먹을 정치자금과 공무원에게 안겨주어야 하는 뇌물인 것 같았다. 성직자나 세속을 완전히 초월한 사람이 아니고서야 어떻게 자신이 뼈빠지게 일해 받는 봉급의 몇 배, 몇 십 배, 몇 백 배가 무위도식하는 자들의 손으로 굴러 들어가는 것을 보고 심한 갈등을 느끼지 않겠는가! 진성호는 가슴속에서 치밀어 오르는 분노를 가라앉히려고 안간힘을 썼다. 그는 출장의 목적인 이현식에 대해 생각을 집중하려고 노력했다.

진성호는 눈을 뜨고 앞에 놓인 서류를 건성으로 보며 마음을 정리했다. 황무석 이사가 어제 아침 일찍 그에게 제보한 정보가 사실이라면, 이현식 지점장이 회사에서 쫓겨나는 건 두말할 필요도 없었다. 또한 형 진 사장의 체면도 한 수 깎아내릴 수 있을 뿐만 아니라 아버지에게 형의 경영 미숙을 노출시키는 좋은 기회가 되리라는 생각이 들었다. 더구나 전화로 형 진 사장에게 출장 승인을 얻으려 했으나, 네 맘대로 하라고 호통을 치는 통에 그냥 떠나왔으니 무슨 건더기라도 잡기는 꼭 잡아야 할 것 같았다.

이현식 지점장이 교포 사업가인 친구에게 지점에서 외상으로 물건을 대주고 판매대금을 회사로 회수하지 않고 둘이서 빼돌리고 있으며, 그 대금을 회사의 미수금으로 달아놓았다가 시간이 지나면 친구 회사가 부도가 났다는 핑계로 부실채권으로 처리할 계획을 가지고 있다는 황무석의 전언을 진성호는 되씹고 있었다.

진성호는 자리를 고쳐앉으며 앞에 놓인 LA 지점의 미수금 현황표를 들여다보았다. 6개월 이상 경과한 미수금 액수가 1,200만 달러, 5개월이 250만 달러, 4개월이 110만 달러, 그중에서 6개월 이상 경과한 미수금의 5퍼센트가, 황무석이 얘기한 대로 고의적인 부실채권이라면, 60만 달러나 된다는 계산이 나왔다. 누구를 믿고 벌이는 짓인지는 모르지만 이현식 지점장의 간덩이가 부어도 단단히 부었다는 생각이 들었다.

애초부터 이현식 지점장을 승진시켜 미국 LA 지점을 맡게 한 결정부터가 잘못된 것 같았다. 적어도 그런 중책을 맡기려면 국내에 재산이 있는 사람이나 집안이 단단해 불명예스러운 짓을 저지를 수 없는 사람을 골라야 했다. 그것도 안 된다면 업무 감사를 철저히 해서 그런 짓을 할 여지를 애초부터 주지 말았어야 했다. 그런데 형 진 사장이 대학 선배라는 이유 하나만으로 하루아침에 떡하니 이사로 승진을 시켜 지점장이 모든 걸 알아서 하게 하는 식이니, 견물생심이라고 언젠가는 사고가 나게 되어 있었던 것 같았다. 이대로 가다간 대하실업이 머지않아 이류 기업으로 전락할 게 뻔한데 그대로 보고 있으려니 답답하다 못해 짜증이 났다.

진성호는 괴로운 듯 몸을 뒤척이며 속으로 투덜거렸다. 사장이라는 작자가 골프장 허가를 얻는 데 정신이 팔려 있으니, 중역이 허튼수작을 부려도 탓할 수 없고…… 회사가 제대로 돌아가려면 형은 골프장 관리나 하며 경영 일선에서는 물러나게 해야 하고, 아버지는 뒷

전에 앉아 윗선과의 관계나 유지하면서 회사 경영을 젊은 사람에게 맡겨야 하는 건데…… 워낙 영감이 고집이세서…….

"진성호 씨지요?"

진성호가 올려다보았다. 세련된 매너로 부끄러움을 타는 듯한 스튜어디스가 미소를 짓고 있었다.

"위층에 계시는 최 사장님께서 잠깐 뵙자고 하시는데요?"

"최 사장이 누구요?"

진성호가 퉁명스럽게 물었다.

"범아산업의 최주묵 사장님이세요."

이런 개새끼! 하는 소리가 순간적으로 진성호의 입안에 맴돌았다. 제까짓 게 뭐라고 1등석에 떡 버티고 앉아 1등석 스튜어디스를 내려보내 비즈니스 클래스에 있는 자기를 오라 가라 하다니! 사무실에 죽치고 들어앉아 돈 셈이나 할 것이지, 서른 살밖에 안 된 녀석이 무어 할 일이 없어 1등석을 타고 다니며 고급 여행이나 하고 있나!

또 서비스업에 대한 안목을 넓힌다는 핑계를 대고 있나?
진성호는 '흥' 하고 코웃음을 쳤다.

　유명한 사채꾼인 그의 아버지가 채무자로부터 공짜로
빼앗다시피 하여 모아둔 부동산을 근거로 하여, 전국에
걸쳐 수많은 주유소를 소유한 굴지의 회사 사장이라고
뻐기고 다니는 최주묵이 몹시 아니꼬웠다.

　"좀 있다 올라가겠다고 해요."

　진성호가 퉁명스럽게 말했다. 무슨 큰 잘못이라도 저
지른 듯 스튜어디스가 어쩔 줄 몰라했다.

　진성호는 공연히 화풀이를 한 스튜어디스에게 미안한
생각이 들어 뒤를 돌아보았다. 층계를 올라가는 스튜어
디스의 뒷모습이 보였다. 홀쭉한 몸매에 아담한 어깨와
날씬한 다리. 왠지 모르게 측은함을 풍기는 그녀의 뒷모
습이 몹시 눈에 익어 보였다. 그녀가 누구의 뒷모습을
닮았는지 그는 얼른 찾아냈다. 미숙 누이였다. 진성호는
마지못해 자리에서 일어났다.

　"성호야, 이리 와서 앉아."

　층계를 올라서자 거의 텅 빈 1등석의 한쪽을 차지하고
있던 최주묵이 큰 선심이나 쓰듯 손을 흔들며 말했다.

　"주묵이 너 어쩐 일이냐? 김포공항에서 탈 때는 안 보
이더니."

진성호가 최주묵 옆 빈자리에 앉으며 말했다.

"출발하기 바로 직전에 탔어. 뒷모습으로 너를 알아보았는데 이륙 시간이 임박해 부르지 않았지. 요즘 사업은 잘되냐?"

"내가 하는 사업이야? 아버지와 형이 하는 사업이지."

진성호가 최주묵의 옆에 앉으며 투덜대듯 말했다.

"너 회사에서 타이틀이 뭐야?"

최주묵의 물음에 진성호의 심보가 뒤틀렸다.

"기획실을 맡고 있어."

"그럼 실장이겠네."

"실장이면 어떻고 과장이면 어때! 내가 할 일만 하면 되는 거지."

"요새 노동자들 때문에 골치 아프지 않아? 요즘 같아서는 어디 제조업 해먹겠니?"

제조업 전반에 걸쳐 노사 문제로 홍역을 치르고 있는 작금의 상황을 빗대어 하는 말이라는 것을 진성호는 알아챘다.

"젊은 놈이 사업하려면 제조업을 해야지. 사무실에 죽치고 앉아서 돈이나 세면서 세월을 보낼 순 없잖아."

진성호가 가시 박힌 말로 대응했다. 그들 사이에 잠시 침묵이 흘렀다.

"요새 이정숙 박사님은 어떠셔?"

대학에서 의류 직물 강의를 하고 있는 진성호의 아내인 이정숙을 두고 하는 말이었다.

"너의 형수님도 잘 계신다."

진성호가 삐딱하게 대꾸했다.

"이 박사가 요즘 보니 유명인사더구나. 텔레비전에도 나오고, 신문에도 종종 오르내리고. 유명한 마누라 두어 기분이 좋겠다."

그렇지 않아도 마누라 설쳐대는 꼴이 마음에 안 드는데, 이제는 이런 바보 새끼까지 마누라를 들먹이다니! 진성호는 기가 찼다. 하루빨리 대하실업을 꿰차고 앉아야 이런 놈들 입을 틀어막을 수 있을 터인데……. 진성호는 가빠지는 호흡을 가다듬는 데 힘이 들었다.

그러고 보니 근래에 와서 마누라 콧대가 세진 게 사실인 것 같았다. 별것 아닌 대학강사 자리를 맡고 있는 주제에 그래도 대학교 교수랍시고 끼일 만한 데는 다 끼어들어 허튼소리나 지껄이고 다니니, 이제부터는 그냥 두고 볼 일이 아닌 것 같았다. 순간 이복인 미숙 누이의 모습이 진성호의 눈앞에 아른거렸다. 차분하고 상냥하고 아름답고 마음씨 착하고……

왜 나는 그런 여자를 일생의 반려자로 얻을 수 없었을

까? 왜 나에겐 그렇게 많은 여자 중에 하필이면 필요 이상으로 똑똑하고, 필요 이상으로 위선에 차 있고, 필요 이상으로 욕심이 많은 그런 여자가 걸렸을까? 아직 결혼 생활 1년 반밖에 지나지 않았지만 요즘 들어 집에서 저녁에 마누라하고 같이 있으면 왠지 자신이 서글프게 느껴졌다.

"칵테일 갖다드릴까요?"

아까 본 세련된 스튜어디스가 그들에게 다가와 미소 짓고 있었다.

"이 친구는 위스키소다를 갖다주고."

진성호가 옆에 있는 최주묵을 대신해 주문을 했다.

"나는…… 나는……."

진성호가 마음을 결정하지 못하는 듯 머뭇거렸다.

"진토닉을 드릴까요, 아니면 마티니……."

"잠깐 귀를 빌려줘요."

스튜어디스가 허리를 굽히자 진성호는 그녀의 명찰에 시선을 보낸 후 그녀의 귀에다 속삭였다.

"오현주 씨, 댁 전화번호를 주세요."

스튜어디스가 일어서며 부끄러워하는 미소를 지었다. 진성호는 그녀의 그런 표정이 싫지 않았다.

"댁이 누구를 닮았는지 아세요?"

스튜어디스에게 진성호가 묻자 최주묵이 끼어들었다.

"이 친구 말 믿지 말아요. 뭐 또 어느 여배우 닮았다고 할 테니까. 그게 이 친구 수법이오."

"여배우가 아니오. 우리 누이와 매우 닮았어요."

진성호가 오현주란 이름의 스튜어디스에게 진지한 표정으로 말했다.

"너 요새 새로운 수법을 개발했구나. 누이를 들먹거리다니……."

진성호의 말에 최주묵이 빈정댔다.

"아니오. 농담이 아니오. 우리 누이도 댁처럼 고운 마음씨를 가졌어요."

"어라, 이 친구 봐라. 이젠 여자 마음씨 읽는 법도 터득했군. 이 친구 술기운이 떨어지면 정신이 좀 이상해져요. 스트레이트 더블 스카치 두 잔 가져다주세요."

뒤돌아서서 주방 쪽으로 가는 스튜어디스의 뒷모습을 진성호의 시선이 따라갔다.

"아 참, 미숙 누님은 잘 계시니?"

스튜어디스 뒤를 따르던 시선을 거둔 진성호가 최주묵을 보았다. 누이가 자살을 기도했다는 사실을 이 친구가 어디서 듣고 하는 말이 아닌가 해서 진성호는 잠자코 있었다.

"미숙 누님이 연출한 연극을 얼마 전 마누라와 같이 가서 보았지."

최주묵이 묻지도 않은 말을 하곤 다시 덧붙였다.

"그런데 희곡의 원작자가 아직도 누군지 모른다면서?"

"그런 것 같아."

"미숙 누님하고 연애하던 사람이 썼다고 하던데? 그리고 미숙 누님이 그 사람 때문에…….."

최주묵이 말을 끝맺지 못하고 어물어물했다.

"어떤 미친 새끼가 그따위 엉터리 소리를 해?"

진성호는 자신도 모르게 벌컥 화를 냈다.

"왜 너답지 않게 화를 내고 야단이야? 그냥 풍문으로 들은 얘기를 전하는 것뿐인데…….."

최주묵이 시무룩해 어물어물했다.

"그냥 풍문으로 들었어도 할 얘기가 있고 안 할 얘기가 있는 거야. 야, 네 아버지가 돈 빌려주고는 무자비하게 남의 재산을 빼앗았다는 풍문을 내가 떠들고 다니면 네 기분이 좋겠어?"

"얘가 뭘 잘못 먹었나, 왜 이렇게 비약이 심해? 미숙 누님의 낭만이 멋있어 보여 한 말인데…….."

"뭐가 낭만이야? 자살 기도한 게 낭만이야?"

진성호가 다시 벌컥 화를 냈다.

"남자 때문에 자살을 기도했고, 그 남자가 쓴 희곡을 무대에 올리고……."

"이런 미친놈!"

진성호는 입을 꾹 다물었다.

그는 문득 이진범이란 자가 미국으로 도망 와 있다는 황무석의 말이 상기되었다. 혹시 미숙 누이가 미국에서 다시 이진범이란 자를 만나게 되지나 않을까? 만약 이진범이 〈박정희의 죽음〉을 썼다면, 누이가 그 대본을 무대에 올려 공연차 미국 여행 중이니, 이진범이 공연 장소에 분명히 나타날 것 같았다. 갑자기 숨이 차올라 더 이상 자리에 앉아 있을 수가 없었다. 진성호는 자리에서 벌떡 일어났다.

"스카치 더블 위스키 두 잔, 너 다 마셔. 내가 대접하는 거야. 나는 내리자마자 일이 있어 술 마실 형편이 못 돼."

진성호는 최주묵의 대답도 기다리지 않고 자리를 떴다. 계단을 내려오면서 미숙 누이와 닮은 스튜어디스와 지나쳤다. 그녀는 부끄러운 듯 그의 시선을 피한 채 서로 몸이 닿을까봐 옆으로 비켜서며 몸을 움츠렸다.

아내였더라면 아마 그녀의 전매특허격인 '플라스틱' 미소를 기계적으로 환하게 지어 보이며 먼저 지나갔으리

라는 상상을 했다. 아내를 처음 만났을 때 그는 그런 아
내의 미소를 천진난만한 자신감으로 받아들였었다. 아!
내가 얼마나 어리석었나? 그는 갑자기 배가 뒤틀리는 고
통을 느꼈다. 그는 층계를 내려와 화장실 문을 열고 들
어갔다.

———◆———

　대하실업 박인태 경리 담당 상무는 LA에 도착하기 전
비행기 안에서 깊은 잠에서 깨어나 두 손으로 눈을 비벼
댔다. 술 덕분에 잠은 잤으나 온몸이 뻐근하고 눈이 아
팠다. 그는 심호흡을 서너 번 한 후 창밖으로 시선을 보
냈다.

　눈 아래 펼쳐져 있는 LA의 시가지가 그의 시야에 들
어왔다. 질서정연하게 바둑판처럼 갈라져 있는 LA의 광
활한 평원은 오랜 역사를 지니지 않은 도시가 항상 그렇
듯이, 너무나 단조로워 보였다. 암시를 줄 만한 어떤 매
력도 숨기지 못하고, 발가벗은 모습을 생경하게 드러내
고 있었다. 그래서 시간을 두고 속속들이 음미할 여자라
기보다 하루저녁 훑고 지나쳐버리기에 안성맞춤인 여자

처럼 그의 눈에 비쳤다.

　박인태 상무는 진성호가 앉아 있던 자리로 시선을 옮겼다. 자리가 비어 있어 화장실에 갔으려니 추측했다. 김포에서 비행기에 오르자마자 서류를 펼쳐놓더니 지금도 빈자리 앞 트레이 위에 있는 서류로 봐서 밤새 한숨안 자고 서류를 검토했음이 틀림없었다. 역시 젊음의 힘은 대단하다는 생각이 들었다.

　비행기가 비스듬히 회전을 하면서 도로가 창밖으로 보였다. 자동차로 메워진 도로의 모습이 드러났다. 도로를 메우고 있는 자동차가 내뿜는 매연으로 그 도시의 공기는 더럽혀지고 있었고, 더럽혀진 공기는 그 도시에 사는 사람들을 병들게 하고 있었다. 그는 갑자기 어린 시절을 보낸 시골이 그리워졌다.

　나이가 들었기 때문일까? 아니면 건강이 나빠졌기 때문일까? 아니면 진성호와 같은 청춘이 내뿜는 젊음이 내기를 꺾어서일까? 진정한 이유가 무엇이든 그는 자신이 몹시 지쳐 있다는 것을 인정치 않을 수 없었다.

　"해가 지면 거리에 나다니지 못할 정도로 LA의 치안이 불안하다면서요?"

　대학에서 교편을 잡고 있다는 옆자리의 승객이 박 상무에게 물었다.

"만약 LA와 뉴욕이 자본주의를 대표하는 도시라면, 미치지 않고서야 자본주의를 택하는 사람은 이 세상에 아무도 없을 거예요."

박 상무가 말했다.

"유럽의 도시는 그렇지 않은데 미국의 도시는 왜 그렇게 됐지요?"

"나도 잘 모르겠어요. 어떤 사람은 여러 인종이 모여 살기 때문이라고도 하고, 또 어떤 사람은 분에 넘치는 자유 때문이라고도 해요."

"자유라는 것도 과분하면 해가 되는가보지요?"

옆 승객이 그에게 다시 말했다.

"지금 우리나라 상황이 좋은 예가 되지 않을까요?"

그렇게 말하면서 과분한 자유는 오히려 없느니만 못하다는 생각이 들었다. 서울도 LA나 뉴욕처럼 과분한 자유 때문에 모든 것이 허물어져내리고 있다고 그는 마음속으로 답을 했다. 그토록 전통적으로 중요시해왔던 기업 조직 내의 상하 관계가 하루아침에 허물어져, 그저 누구나 먹고 보자는 식. 다 먹는 판인데 나라고 못 먹을 이유가 어디 있느냐고 배짱을 내밀고 너나 할 것 없이 먹고 마시고 두드려 부수는 판이었다. 그는 그런 조직에 더이상 몸담고 싶지 않았다.

불편한 잠자리 때문인지 온몸이 쑤셔왔고 '윙' 하는 비행기 엔진 소리에 귀가 멍멍해졌다. 그는 손목시계를 들여다보았다. 한국 시각으로 새벽 4시, LA 현지 시각으로 낮 12시. 어제 아침 내내 회의를 하고 오후에는 밀린 결재서류를 꼼꼼히 챙긴 후 김포공항에서 저녁 6시에 출발하는 비행기에 탑승했으니 서울을 떠난 지 10시간이 지났다는 계산이 나왔다.

LA에 도착하자마자 지점 회계감사에 들어가 9시간 후 또다시 서울로 오는 비행기를 타야 하는 출장 스케줄이었다. 그는 아찔한 기분이 들었다. 빡빡하게 짜인 출장 스케줄 때문만이 아니었다. 오랫동안 같이 일해온 이현식 지점장의 목을 치는 역할을 자신이 해야 할지도 모른다는 불길한 예감 때문이었다.

진성호 차장이 어디서 그런 정보를 얻었는지는 모르나, 회의 중 느닷없이 경리 책임자인 자신과 함께 즉시 미국 현지에 가서 경리 감사를 해 응당한 조치를 취해야 한다고 주장했으니, 그로서는 별도리 없이 진성호의 주장을 따를 수밖에 없었다. 그러나 무슨 일이 있어도 오랜 기간 회사 동료로 일해온 이현식 지점장의 목을 치는 역할을 자신이 하고 싶지는 않았다.

오해가 풀려 이번 일을 무사히 넘긴다 하더라도 진성

호가 설치는 꼴로 봐서 이현식 지점장이 이미 단단히 찍혀 그의 목이 달아나는 것은 시간문제인 것 같았다. 불안감이 몰려왔다.

진성호가 눈에 불을 켜고 달려들면 회사 중역 누구 하나 제대로 살아남을 수 없는 일. 특별히 이재에 밝은 마누라를 두었거나 상속받은 재산이 있지 않는 한, 회사에서 주는 월급만으로는 세금 내고 나면 아이들 공부시키기도 어려운 처지인데 하루같이 치솟는 생활비는 어떻게 감당하며, 노후 보장은 어디서 할 수 있겠는가? 그럭저럭 심한 욕은 먹지 않고 시류에 따르다 보면 회사의 어느 중역이라도 진성호가 생각하는 미국식 청렴도를 유지하기란 불가능한 일. 그걸 파헤치고 따지면 살아남을 중역이 어디에 있겠는가? 박 상무는 괴로운 듯 몸을 뒤척였다.

이현식 지점장 다음에는 누구 차례일까? 나? 나를 시켜 이현식의 목을 치게 하고, 내 목은 또 다른 중역을 시켜 치게 하고, 결국 현재의 중역진은 다 물러나게 하는 것이 진성호의 계획인가? 물러나야지, 할 만큼 했으니 깨끗하게 물러나야지. 그는 속으로 중얼거리며 자리를 고쳐앉았다.

"일어나셨군요."

뒤쪽에서 진성호의 목소리가 들려왔다. 진성호는 밤을

꼬박 새웠을 텐데도 생동감이 넘쳐흐르는 모습이었다.

"네, 진 차장은 잠을 못 잤지요?"

"잠깐 눈을 붙였습니다."

진성호가 복도를 사이에 두고 빈자리에 앉으면서 말했다.

"박 상무님, 혹시 이진범이란 자를 아십니까?"

진성호가 왜 갑자기 이진범에게 관심을 갖는지 박 상무는 이해가 되지 않았다.

"네, 알고 있지요. 저희 회사 하청업체 사장이었다가 부도가 나……."

"혹시 지금 어디 있는지 아십니까?"

"자세히는 모르는데요. 왜 무슨 일이라도 있습니까?"

"아니요. 그냥 궁금해서요."

"우연한 기회에 얘기 들으니까, 하청업체인 백운직물의 미국 상주 직원으로 일하고 있다고는 하던데요."

"백운직물의 사장이 누구지요?"

"백인홍이라고요, 아주 활동력이 넘치는 인물이지요."

"박 상무님께서 LA에 도착하는 대로 백운직물에 전화해 이진범이란 자의 연락처를 알아봐주십시오."

"그렇게 하지요. 무슨 일인데요?"

"그냥 기회 있으면 한번 만나보고 싶어서요."

박 상무는 왠지 걱정스러웠다. 소문에 의하면 이진범이 진 사장의 여동생을 잘못 건드렸다가 패가망신을 해미국에 도피 중인데, 무슨 이유 때문인지는 모르나 진성호가 눈에 불을 켜고 달려든다면 이번에는 이진범이 뼈도 못 추릴 것 같다는 생각이 들었기 때문이었다.

"LA에 도착하면 회사 차가 나와 있을 겁니다. 박 상무님은 그 차로 지점으로 가서 감사를 시작하십시오."

진성호가 부하 직원에게 지시하는 투로 말했다.

"진 차장은요?"

"저는 누굴 만나기로 했습니다. 어제 아침 일찍 제가아는 미국 계리 회사에 미수금이 있는 거래처에 대한 정보와 정확한 미수금 상황을 은밀히 조사해놓으라고 시켰습니다. 계리사를 만나 결과를 보고받은 다음 곧 지점으로 가지요."

역시 진성호다운 치밀함이라고 박 상무는 감탄했다. 진성호가 서울을 떠나기 전 그런 조치를 취해놓으리라고는 꿈에도 몰랐다. 한데 진성호의 행동에도 적지 않은문제점이 있었다.

실제로 이현식 지점장에게 부정이 있었다면, 진성호가미국 계리 회사를 통해 거래처를 조사시킨 사실을 이현식 지점장이 이미 눈치채지 않았을까? 그래서 그가 벌써 회사에 불리한 행동을 취하지나 않았을까? 미국 거래처를 다른 곳으로 빼돌리든지 회사의 비리를 챙기고 있지는 않을까? 박 상무의 머릿속에서는 질문이 꼬리에 꼬리를 물고 이어졌다.

"혹시나 사소한 사고가 있더라도 기존 거래처와의 관계 유지를 고려해 후임자가 부임해 인수인계할 때까지 이현식 지점장이 일을 잘 마무리해야 할 텐데요⋯⋯."

진성호가 현장에서 성급한 결정을 내려 회사의 수출업무에 타격을 입히지나 않을까 하는 염려에서 박 상무가 한마디 거들었다.

"그 점은 걱정 마십시오."

"그래도 회사에 오래 있던 사람이라⋯⋯."

박 상무가 말끝을 흐렸다.

"사장님이 특별히 믿어주셨으니 그 은혜를 생각해서라도 비리가 적발되면 크게 반발하지는 않을 겁니다."

박 상무는 입을 다물었다. 진 사장과의 특별한 관계를 담보로 하여 반발을 무마시킬 수 있다는 진성호의 발상이 놀라웠다. 그런 식의 사고방식이라면 다음 차례는 자신일 것이라는 느낌이 들었다. 그는 쓴웃음을 지었다.

'LA 공항에 곧 착륙하겠습니다. 안전벨트를 매시고 좌석을 똑바로 해주십시오.'

기내방송이 들려왔다.

진성호가 자기 자리로 돌아갔다.

━━━━━◆━━━━━

LA 공항에서 박인태 상무와 헤어진 진성호는 한 시간
쯤 후 LA 다운타운의 윌셔 가에 위치한 고층건물로 막
들어서고 있었다. 건물 안내판에서 헨리 킴 계리사 사무
실 호수를 확인한 후 엘리베이터를 탔다. 1205호실 문을
열고 들어선 진성호가 비서에게 자신의 신분을 알려주자
곧 헨리 킴의 사무실로 안내되었다.

"성호야, 오는 데 힘들지 않았어?"

헨리 킴이 소파에서 일어나 손을 내밀며 반가운 표정
을 지었다. 미국에서 같이 학교에 다닐 때는 꽁생원이었
는데, 계리사 노릇을 5년 하더니 이제는 이력이 붙어서
인지 한껏 여유가 있어 보였다.

"별로…… 많이 바쁘지? 바쁜데 내가 괜히 어려운 부
탁을 한 거 아니야?"

진성호가 소파에 앉으면서 말했다.

"어려운 부탁은 무슨 어려운 부탁이야. 이게 내 직업

인데."

"사무실 좋네. 경치도 좋고."

진성호는 소파에서 일어나 창 쪽으로 다가갔다. LA의 아파트가 밀집해 있는 주택가가 한눈에 들어왔다. 창 옆 캐비닛 위에 놓인 라디오에서 흘러나오는 감미로운 음률, 고풍스러운 가구와 단순하면서도 고급 취향의 실내장식이 창밖에 펼쳐진 평화스러운 광경과 너무나 잘 어울렸다. 하루에 8시간만 일하고 일주일에 2~3일은 펑펑 노는데 이런 멋진 사무실이 필요할까? 진성호는 고개를 저었다.

"내가 부탁한 이현식 건은 어떻게 되었어?"

진성호가 창에서 떨어져 소파로 오면서 말했다.

"일단 이현식 개인 명의로 된 재산은 집 한 채가 있어. 22만 달러짜리인데 반 년 전에 일시불로 완불하고 산 거야."

"다른 재산은 없어? 예금이나 주식 등 다른 형태로."

"현재로선 없어. 과거에는 있었지."

"무슨 말이야?"

"이현식이 지난 3개월 동안 여러 번에 걸쳐서 30만 달러가량을 서울로 송금했어."

"서울 누구에게로? 친척이나 가명으로 한 거 아니야?"

"오늘 아침에 확인이 됐는데, 서울 어느 교회의 인수 자금으로 송금된 거래. 서울에 동네마다 있는 전세 형태의 자그마한 교회 같은 건가봐."

"무슨 얘기야? 그럼 이현식이 동네 교회를 구입했단 말이야?"

진성호가 믿을 수 없다는 표정을 지었다.

"그런 동네 교회가 다방보다는 사회에 유익할걸."

진성호는 누가 교인이 아니랄까봐 그렇게라도 정당화하는 헨리 킴이 밉살스러웠다.

"다방에 죽치고 앉아서 아가씨들과 시시덕거리는 남편들보다는 그래도 교회랍시고 그런 데라도 가서 착한 사람이 되라는 설교를 듣는 부인네들이 훨씬 낫다고 봐야지."

진성호는 그렇게 말하는 헨리 킴을 멍하니 보며 어이없다는 표정을 지었다.

헨리 킴의 말이 전혀 터무니없는 말은 아니라고 진성호는 생각했다. 다방이라는 괴물이 어느새 이곳저곳 가리지 않고 도시의 외곽으로 무자비하게 침투하면서 카페인으로 시골 사람들의 입맛을 버려놓더니, 그다음엔 '티켓'이라는 신종 매춘업으로 버젓이 탈바꿈을 해 조상이 알면 기절초풍할 성문화를 창조해낸 사실을 진성호는 기억했다. 그래도 다방이 있는 곳에 교회라도 있으니 모든 것이 엉망진창이 되지 않는 것은 아닐까……. 그렇다 하더라도 헨리 킴의 말을 그대로 받아들일 수는 없었다.

"미수금에 관해선 알아봤어?"

진성호가 헨리 킴에게 물었다.

"지금 비서가 타이핑하는 중이야. 잠깐 기다려. 바로 가지고 올게."

헨리 킴이 나간 후 혼자가 된 진성호는 대하실업의 LA 지점에 전화를 걸어 박인태 상무를 찾았다.

"박 상무님, 이현식 지점장 옆에 있습니까?"

박인태 상무가 나오자 나직이 물었다.

"아니에요, 잠깐 약속이 있어 나갔는데 30분 후에 오기로 되어 있습니다. 제가 수시 감사라고 했으나 이미 눈치를 챈 것 같습니다."

"이 지점장이 큰일을 저지른 것 같습니다. 1시간 후면 그곳에 도착할 수 있을 것 같으니 이 지점장에게 사무실에서 기다리라고 하십시오."

"그렇게 하지요. 아 참, 워싱턴에 있는 이진범의 전화번호를 알아냈습니다."

"불러주십시오."

진성호는 전화번호를 받아적고 전화를 끊었다. 그는

방금 적은 전화번호를 눌렀다.

"이진범 씨 계십니까?"

"지금 안 계시는데 누구시라고 할까요?"

남자의 목소리가 들려왔다.

"백운직물 본사에서 왔는데요. 지금 곧 연락을 하고 싶은데 어디에 계시는지요?"

진성호는 거짓말을 했다.

"공항으로 가는 중일 겁니다. 시카고에서 시어스와 상담을 하기로 되어 있는 걸로 압니다."

"잘 알겠습니다. 다시 전화하지요."

수화기를 놓으면서 진성호는 시어스 좋아하네, 하고 중얼거렸다. 그는 미숙 누이가 현재 시카고 노스웨스턴 대학에서 공연 중이라는 것을 알고 있었고, 이진범이 시카고로 간 이유가 그 자신이 쓴 희곡이 공연되는 시카고에서 미숙 누이를 만나는 데 있다는 것도 쉽게 추측이 되었다.

이런 개새끼! 방금 전 이현식에게 느꼈던 분노와는 또 다른 분노가 그의 가슴속에서 울컥 솟아올랐다. 처음의 분노가 급히 달아올랐다가 사그라질 수 있는 분노라면, 두 번째 분노는 야금야금 달아올라 뼛속까지 파고드는 분노였다.

그는 수첩을 꺼내 미숙 누이가 묵는 호텔 전화번호를 찾았다. 급한 마음에 허겁지겁 전화번호를 눌렀다. 신호음이 다섯 번째 울려퍼졌을 때였다.

"헬로."

미숙 누이의 목소리가 들리자 진성호는 갑자기 마음이 차분해졌다.

"누나야? 나 성호야."

진성호는 전화선을 타고 온 목소리만으로도 자신을 흐뭇하게 하는 미숙 누이의 힘이 경이스럽기만 했다.

"성호야, 어쩐 일이야. 집에 무슨 일이 있니?"

"아니, 나 지금 LA에서 전화하는 거야. 사업차 왔어."

"그래? 집에는 아무 일 없지? 미국에는 언제까지 있을 건데?"

"모레 저녁 늦게 시카고로 갈 거야. 누나와 같은 호텔에 묵기로 했어."

"잘됐구나. 이곳에 오면 내가 한잔 멋지게 살게."

미숙 누이의 쾌활한 목소리가 전화선을 타고 왔다.

"연극 예술인이 무슨 돈이 있어. 사업하는 내가 사야지. 어차피 회사돈이지만 말이야."

진성호가 말하자 미숙 누이의 웃음소리가 들려왔다. 진성호는 미숙 누이를 즐겁게 했다는 생각에 한결 기분이 좋아졌다.

"성호야, 이왕 네 돈이 아니고 회사돈이라면 네 덕택에 우리 단원들 한번 멋지게 파티를 열어야겠구나."

"좋지. 좋은 아이디어야……. 뭐 별다른 일 없지?"

"다 잘되어가고 있어."

"원작자…… 원작자가 누군지 알아냈어?"

진성호가 띄엄띄엄 말했다.

"아니. 왜 갑자기 그런 질문을 해?"

"아니야. 그냥 원작자가 나타나 누나를 채어갈까봐 겁이 나서 물어본 거야."

진성호가 웃음기 섞인 목소리로 말하자, 진미숙도 따라 웃음을 터뜨렸다.

"너 아주 웃기는 애구나. 원작자가 누군지는 몰라도 나 같은 여자를 좋아할 남자는 절대로 아니야."

"누나가 어떤 여잔데?"

"창녀보다 못한 여자……."

진미숙이 다시 웃음을 터뜨렸다. 그러나 이번의 웃음에는 그 속에 번득이는 비수가 숨어 있는 것 같았다. 동시에 미숙 누이에게 그런 말을 한 성구 형이 미웠다.

"누가 그런 얘기를 했는지 모르지만 그자는 미치광이야."

진성호가 말하자 둘 사이에 잠시 침묵이 흘렀다. 그

미치광이가 진성구를 의미한다는 것을 두 사람은 알고 있었다. 진성호가 침묵을 깨었다.

"누나는 아마 천사보다는 조금 못한 여자일 거야."

"……천사와 창녀는 같은 여자일지 몰라."

"왜 그런데?"

"둘 다 바보이고, 둘 다 마음씨만 착하니까……."

진미숙의 웃음소리가 다시 들려왔다.

"성호야, 원작자가 어떤 사람일지 상상해봤어."

잠시 사이를 두었다가 진미숙이 말했다.

"어떤 남자야?"

진성호는 몹시 궁금해졌다.

"곰보든지, 꼽추든지, 두 발이 없는 앉은뱅이든지…… 아니면 곰보에다 두 발이 없는 앉은뱅이 꼽추일지도 몰라."

진미숙의 말에 웃음기가 배어 있었다.

"만약 그렇다고 해봐. 그래도 누나는 원작자를 좋아할 수 있을 것 같아?"

"그렇다면 우리는 둘이서 연이어 예술작품을 남길 거야. 그 사람이 쓰고 내가 연출을 하고……."

미숙 누이는 농담조로 하는 얘기였지만 진성호는 등골이 오싹해왔다. 얼굴도 멀쩡하고, 등도 멀쩡하고, 두 다리도 멀쩡한 이진범이란 자가 나타나면 미숙 누이가 어떤 행동을 할지 상상할 여지도 없는 것 같았다.

"여하튼 말이야, 아무리 멀쩡한 자가 원작자라면서 나타난다 해도 나를 만날 때까지는 그곳에 있어야 돼. 알겠지?"

잠시 침묵이 흘렀다.

"얘가 지금 정말 이상한 얘기를 하는구나. 서울에서도 나타나지 않던 원작자가 여기에 왜 나타난단 말이야?"

진미숙이 웃음을 흘리며 말했다.

"그냥 해본 얘기야. 모레 저녁에 봐. 그럼 전화 끊을게. 혹시 그사이 급한 일이 있으면 이곳 지점으로 전화하고."

"내 걱정은 말고 회사 일이나 잘 보고 돈이나 잔뜩 가지고 와. 배고픈 연극인들 네 덕에 한번 포식해보자."

진성호는 전화를 끊자마자 지점에 전화해 모레 오후 시카고로 가는 비행기 예약을 부탁했다. 무슨 일이 있어도 이현식 건을 오늘내일 사이로 마무리를 짓고, 누이에게 가는 것이 무엇보다 중요한 것 같았다. 이진범이란 자에게 또다시 걸려들어 또 한 번 마음의 상처를 입는다면 미숙 누이는 이번에는 영원히 목숨을 끊을 것 같았기 때문이었다.

3. 투서 만능 시대 : 진성구/황무석

– 모사꾼 황무석의 음모로 인한 대하실업 세무사찰.
– 기업이 망할 때는 자신이 뇌물을 준 자에게 덤비게 되어 있다. 그래서 똑똑한 관리는 망할 가능성이 있는 기업으로부터 뇌물을 받지 않는다. 그러므로 자연히 재벌기업의 돈이나 접대에는 쉽게 응하게 되고, 그러다 보니 재벌기업은 쉽게 성장하게 된다. 거기다가 뇌물에는 대가성이 있어야 하므로 평상시에 잘 할 수 있는 여유를 가진 기업은 대기업뿐이다.
– 그런 의미에서 뇌물죄에 관한 대가성 부분을 삭제한 '김영란법'을 처음 제안한 김영란은 한국의 선진화를 이룬 최고의 공헌자다. 한 사람의 좋은 두뇌가 어떻게 오랜 나쁜 역사를 지닌 사회를 한순간에 바꿀 수 있는지 보여주는 좋은 예다.

진성구 사장은 오전 회의를 끝내고 사무실 소파에 앉아서 읽고 있던 영화 제작에 관한 책을 탁자에 내려놓았다. 그는 지난 이틀 동안 일어났던 일을 음미하면서 미소를 짓고 있었다. 이성수의 안부를 알기 위해 이틀 전 1년 만에 만난 혜정으로부터 들은 소식, 혜정과 이성수가 6개월 전부터 서로 만나지 않았다는 사실도 전혀 예상 밖이었지만 그것보다는 다른 일련의 일들이 자신이 생각해도 놀랍기만 했다.

즉, 혜정을 만나러 방송국에 갔던 일, 스튜디오 안에서 혜정의 감정 폭발을 보게 된 일, 혜정이 방송국 복도에 떨어뜨린 영화 대본을 읽은 일, 혜정에게 영화 출연을 부탁한 일, 드디어 오늘 아침 혜정으로부터 영화에 출연하겠다는 약속을 받아낸 일, 그리고 오늘 오후에 혜정과 이성수를 만나러 대구로 가기로 한 일…… 모든 것이 신기루였던 듯 실제로 일어났다고 믿어지지 않았다.

그러나 이 모든 것은 엄연한 현실이었고, 지금 그는 어떤 놀라운 상상력을 동원해도 예측할 수 없었던 영화 제작에 손을 대게 되어 있어 그것에 관한 책을 읽고 있던 중이었다. 모든 게 운명이랄 수밖에…… 이혜정이라는 여자를 만나 사랑하게 된 것도 운명이고, 혜정과 헤어지는 고통을 겪은 것도 운명이고, 혜정과 다시 만나 영화를 만들기로 한 것도 운명이고…….

세상의 모든 남녀마다 타고난 운명이 있다고는 하지만 두 남녀의 운명이 서로 교차될 때 전혀 다른 또 하나의 길이 열려, 두 사람이 그 길을 묵묵히 따라가다 보면 숙명이 자리매김해준 곳에 각각 도착하여, '아, 이게 우리의 숙명이었구나!' 하고 탄성을 내지르는 그 순간 비로소 두 사람은 그 운명에 복종하는 지혜를 터득하게 되는 것이 아닐까? 진성구는 자신과 혜정과의 새로운 관계를 운명으로 여겨 이제 편한 마음으로 받아들이기로 했다.

'삐—' 인터폰이 울렸다.

"사장님, 박 상무님께서 오셨는데요."

비서의 말이 들려왔다.

"들어오라고 해."

박인태 상무가 초췌한 얼굴로 들어섰다.

"앉으세요. 언제 도착했습니까?"

"지금 막 공항에서 오는 길입니다."

박 상무가 소파에 앉았다.

"진 차장은요?"

"진 차장은 마무리 작업을 하느라고 미국에 며칠 더 있겠다고 합니다."

"그래, 지점 감사 결과는 어땠습니까?"

"문제가 있긴 합니다. 현재 지점의 미수금으로 있는 액수 중 80만 달러짜리와 50만 달러짜리는 상대방 회사가 법정에 파산신청을 해놓은 상태라 회수가 불가능할 것 같습니다."

"교포들이 하는 회사인가요?"

"두 회사 모두 그렇습니다."

"이현식 지점장과 두 회사 사람들이 관계가 있습니까?"

"확실한 증거는 아직 포착하지 못했습니다. 진 차장 판단으로는 분명히 관계가 있다고 생각하는 것 같습니다."

진성구가 잠시 생각에 잠기는 듯했다.

"이현식 지점장은 뭐라고 합니까?"

"관계를 완강히 부인하지만 도의적인 책임을 느껴 회사에 사표를 내겠다고 합니다."

"그런 입장인데도 회사가 계속 압박하면 이 지점장이 반발하지 않을까요?"

"진 차장이 미국 법정에 횡령죄로 고소하겠다고 으름장을 놓았으니 당장 그러지는 못할 겁니다. 시간이 지나면 모르지만……."

"진 차장은 지금 뭘 하고 있지요?"

잠시 사이를 두었다가 진성구가 화가 난 목소리로 말했다.

"이현식 지점장의 뒷조사를 하고 있는 걸로 알고 있습니다. 개인 재산으로 빼돌렸는지 알아보려고요."

"현재까지 결과는요?"

"집 한 채가 나왔는데 이 지점장이 회사가 원한다면 개인 소유지만 집도 회사 앞으로 내놓겠다고 합니다."

잠시 침묵이 흘렀다.

"진 차장이 너무 족치는 거 아닙니까?"

진성구가 말문을 열었다.

"글쎄요. 일을 조용히 해결했으면 좋겠는데…… 회사

이미지 문제도 있고…… 혹시 반발할지도 모르고…… 뭐 알다시피 꼭 그런 사람은 아니지만…….”

‘삐―’ 하고 인터폰이 울렸다.

“사장님, 차 대기시켜놓았는데요.”

비서의 말이 들려왔다.

“알았어. 곧 내려간다고 해.”

진성구가 일어나다 말고 박 상무에게 말했다.

“마침 잘됐습니다. 새로 취임한 B은행 중역들과 점심 약속이 되어 있는데 같이 가시지요.”

“네, 그렇게 하지요.”

그들은 문을 나섰다.

“일단 회장님께는 비밀로 해둡시다. 상황이 좀더 명확해질 때까지는요…….”

복도를 걸어가며 진성구가 말했다.

“알겠습니다. 그렇게 하지요.”

진성구와 박 상무가 B은행 중역들과 같이하는 점심식사가 끝나갈 무렵, 50대 후반의 한 남자가 대하실업의 임원실이 모여 있는 층에 멈춘 엘리베이터에서 내렸다. 아직 점심시간이 끝나기 전인지라 한곳에 모여 재잘거리고 있던 임원실 여비서들이 그에게 시선을 주었다. 선약도 없이 찾아온 사람치고는 위풍이 당당했으므로 비서들이 자리에서 일어나 우물쭈물했다.

"박인태 상무님 계십니까?"

그가 말하자 담당 여비서가 일어나 그에게 다가갔다.

"식사하러 나가셔서 아직 안 들어오셨는데요…… 약속하셨나요?"

비서가 책상 위에 놓인 박 상무의 일일 스케줄을 보며 어물어물 물었다.

"약속은 안 했는데 급히 잠깐 만나뵐 일이 있어서요. 기흥건설의 김인곤 사장입니다."

그때서야 비서가 미소 지으며 알은체했다. 기흥건설이 1년 반 전 대하실업의 신축 공장 건축공사를 맡은 회사라는 것과, 김인곤 사장이 박 상무를 찾아온 적이 있었으며, 그 이후 박 상무와 자주 전화 통화를 한 사실을 기억해낸 것이다.

"잠깐만 기다리세요. 보통 2시까지는 들어오시니까요."

비서는 임원들이 공동으로 사용하는 대기실 문을 열었다. 김인곤 사장이 대기실로 들어가면서 옆을 지나는 순간 확 풍겨오는 술 냄새에 비서가 얼굴을 찡그렸다.

대기실 문을 닫고 자리에 앉으면서 비서는 불안해졌

다. 가만히 생각해보니 지난 1개월 동안 박인태 상무가 김 사장의 전화를 고의적으로 피하는 것 같았고, 더군다나 대낮에 지독한 술 냄새를 풍기며 전화 연락도 없이 불쑥 찾아온 것이 아무래도 마음에 걸렸다. 그녀는 전화번호가 적힌 수첩을 뒤져 박 상무가 B은행 중역들과 점심을 하고 있을 식당 전화번호를 찾아냈다. 그리고 잠시 후 박 상무와 통화를 할 수 있었다.

"상무님, 식사하시는데 죄송합니다. 저 다름이 아니라, 기흥건설의 김인곤 사장님이 상무님을 뵙겠다고 대기실에 와 계시는데…… 술에 많이 취하신 것 같아요."

"그래? ……그럼 밖에서 처리해야 할 일이 있어 늦겠다는 연락을 받았다고 해. 2시 반쯤에 다시 전화할게."

"알겠습니다."

"그리고 말이야, 이 전화 황 이사실로 돌려줘."

"네, 잠깐만 기다리세요."

전화가 황무석 이사실로 연결되기를 기다리며 박 상무는 드디어 올 것이 왔다는 느낌이 들었다. 대하실업의 신축 공장 공사가 제대로 공사기간이 지켜지지 않을 뿐만 아니라, 건설 하도급 업체들에게 자금 결제를 제대로 해주지 않아 공사가 부실하게 진행되고 있다는 보고가 들어왔었다.

더군다나 사장이 대낮에 술에 취해 있는 걸로 보아, 기흥건설 무너지는 것이 오늘내일한다는 소문이 신빙성 있는 말 같았다. 김 사장이 대낮에 술을 처마시고 전화도 없이 쳐들어왔다는 건 노가다판 '곤조'를 한번 부려보겠다는 의도가 분명했다.

'황무석입니다'라는 소리가 들려왔다.

"황 이사, 나 박 상무요. 다름이 아니라, 기흥건설 김인곤 사장이 나를 찾아온 모양인데……."

이런 돌대가리가 있나! 황무석은 이종사촌형인 김인곤 사장의 어리석음을 마음속으로 호되게 나무랐다. 박 상무가 사무실에 있는 것을 확인한 후 쳐들어가라고 내가 그렇게 단단히 일러주었는데…….

"내가 바깥에서 약속이 있어 일찍 못 들어가니 황 이사가 대신 좀 만나 무슨 용무인지 들어보시오."

"네, 그렇게 하지요."

황무석이 마지못해 대답하고는 수화기를 꽝 내려놓았다. 이런 여우 같은 놈! 김인곤이 찾아온 이유를 뻔히 알고서도 나한테 떠넘기다니. 나하고 이종사촌간이고 신축 공장의 건축 계약이 원래 나를 통해 된 것을 빌미로 삼다니! 황무석은 약아빠진 박인태 상무가 한없이 증오스러웠다.

박인태, 이놈 어디 두고 보자. 네가 아무리 약아빠져도 대하실업에서 오래가지 못하게 되어 있어. 대하실업에서 진성구 시대는 이미 지나가고 있고 진성호 시대를 맞이하게 되어 있다, 이거야. 이현식 지점장은 이미 작살이 났고, 이젠 네 차례야…… 머지않아 때가 오면 너도 골로 가게 되어 있어. 황무석은 입속에서 욕지거리를 아작아작 씹으며 자리에서 일어났다.

　황무석은 사무실을 나와 복도를 걸어가면서 진성구에게 끝까지 충성을 바칠 중역이 누가 있을까, 하고 생각해보았다. 진성구의 손윗동서로 인척 관계를 맺고 있는 박인태 상무를 제외하고는 모두가 약아빠진 친구들이라, 지금은 죽으라면 죽는 시늉까지 하겠지만 상황이 급박하게 돌아가면 강한 쪽에 붙게 마련이니…… 진성구에게 끝까지 의리를 지킬 중역은 아무도 없을 것 같았다.
　"김인곤 사장님 어디에 계시나?"
　박 상무 비서에게 황무석이 물었다.
　"대기실에 계세요. 아까 차를 가지고 갔을 때는 주무

시고 계셨는데."

여비서가 난처해하는 표정을 지으며 말했다. 황무석이 대기실 쪽으로 고개를 돌리자 '드르릉' 하고 코고는 소리가 들려왔다. 황무석은 얼굴이 벌게져 대기실 문을 확 열었다. 소파에 앉아 고개를 젖히고 꿈나라에 가 있는 김인곤 사장의 모습은 그야말로 목불인견이었다. 저런 사람이 무슨 놈의 사업을 한다고! 황무석은 답답하다 못해 분통이 터질 것만 같았다.

"형님!"

대기실 문을 닫은 후 황무석이 신경질적으로 김 사장을 불렀다. 그래도 잠에서 깨어나지 않자 황무석은 그의 어깨를 세게 흔들었다.

"어…… 어…… 무슨 일이야?"

눈을 뜬 김 사장이 깜짝 놀라 황무석을 보며 어리둥절해했다.

"형님, 여기가 형님 집인 줄 아십니까? 어디라고 낮잠을 주무세요?"

황무석이 짜증 섞인 목소리로 말했다.

"어……어…… 낮술을 좀 많이 한 것 같아. 그사이 깜빡했네."

"형님, 제 방으로 가십시다."

"왜? 박 상무 만나라고 했잖아?"

"이런 식으로 해선 죽도 밥도 안 됩니다. 제가 박 상무가 사무실에 있는 거 확인하고 오랬잖아요. 그리고 술도 그렇게 많이 잡수시지 말고 적당히 냄새를 풍길 정도로만 마시라고 말씀드렸고요."

황무석이 짜증을 내고 나서 대기실 문을 열었다. 아직 술에서도, 잠에서도 깨지 않은 김 사장은 얼떨떨해하며 황무석의 뒤를 따라 대기실을 나섰다. 복도를 지나 엘리베이터를 타고 내려와 황 이사 방에 들어갈 때까지 황무석의 화난 표정은 풀어지지 않았다.

그렇지 않아도 지난 토요일 저녁, 백인홍이 보낸 변이산가 뭔가 하는 놈한테 어처구니없이 당해 십년감수를 했는데 또 사촌형이 이따위 실수를 하니 화가 나지 않을 리가 없었다. 백인홍이란 놈이 1년 반 전 살롱 '귀빈'에서 한 짓으로 보아 능히 사람 팔 하나쯤 부러뜨릴 수 있을 것 같아 할 수 없이 백운직물이 납품한 제품을 합격시켰더니 신경이 날카로울 대로 날카로워져 있었다. 똥이 무서워서 피하냐, 더러워서 피하지, 하는 식으로 생각해보려고 노력도 했으나 적어도 백인홍을 언젠가 작살을 내지 않고는 두 발 뻗고 자기란 그른 것 같았다.

"형님 회사는 지금 어떤 상탭니까?"

김인곤 사장이 앉자마자 황무석이 물었다.

"어제 저녁에 얘기했다시피 엉망진창이야."

황무석의 화난 표정에 기가 죽은 김 사장이 퉁명스레 말했다.

"정확히 무엇이 엉망진창이에요?"

"뻔한 얘기 아니냐. 건축 계약금으로 받은 50억 원 중 10억 원은 진 사장 비자금으로 주었고, 30억 원은 벽제 땅에 묶여 있고…… 그리고 나머지 10억 원과 나중에 받은 돈만으로는 공사를 진행하기가 힘들어 여기저기 사채를 끌어다 운영 자금으로 쓰다 보니, 고리채 이자는 이자대로 쌓이고, 공사 진척은 여의치 않고……."

"공사가 얼마나 늦어지고 있는 겁니까?"

황무석이 김 사장의 말끝을 신경질적으로 낚아챘다.

"한 6개월…… 계약에 명시한 공사 시한이 원래 무리였어. 건축비는 말할 것도 없고."

"공사가 끝나면 얼마나 적자를 볼 것 같습니까?"

"경리 담당 이사 말로는 한 70억 원 적자날 거래. 그것도 간접비는 빼고 한 계산이야."

"지금까지 기성고는 얼마나 받았어요?"

"현재까지 2백억 원 정도……."

"공사 진척은요?"

"55퍼센트는 되었지."

"기성고 지불은 왜 늦는 겁니까?"

"감리 회사가 워낙 까다로워 조그마한 것도 트집을 잡으니…….."

"이렇게 나가면 회사가 언제까지 버틸 수 있을 것 같아요?"

"대하실업에서 나머지 기성고를 주지 않으면 이번 달 말에 돌아오는 어음을 도저히 막을 방법이 없어. 55퍼센트 공사 진척을 인정해주면 받을 돈이 한 50억 원은 되지."

"제가 시키는 대로 했으면 박 상무가 기성고를 주었을 겁니다."

황무석이 한심하다는 시선을 김 사장에게 보냈다.

"다시 박 상무 만나서 슬슬 공갈을 쳐보지 뭐. 비자금 10억 원 건네받은 건 분명히 박 상무니까."

"신중하게 다시 생각해봐야겠어요."

황무석이 생각에 잠긴 듯 손을 이마에 대고 고개를 숙였다.

"벽제에 사둔 땅도 팔려고 내놨는데 살 사람이 있어야지. 진 사장이 산 땅만 관광지로 풀리고 그 외의 땅은 전부 산림보호지역으로 그대로 묶여 있으니 말이야."

김 사장이 말했다. 황무석이 아무런 반응을 보이지 않자 김 사장이 다시 말을 이었다.

"네가 확실하다고 말한 그 정보 말이야. 벽제 땅을 사두면 2년 내 택지로 지목 변경이 된다는 정보…… 그거 잘못 안 거 아니야?"

입이 열 개라도 할 말이 없다고 황무석은 인정하지 않을 수 없었다. 진 사장이 벽제 땅을 미친 듯 사 모으기에 지목이 택지로 변경되든지 무슨 좋은 일이 있으리라는 확신하에 그 주위의 땅을 자신도 사고 김인곤 사장에게도 사라고 권했는데, 1년 반이 지난 지금 진 사장이 구입한 땅만 몽땅 관광지로 바뀌어 골프장용으로 풀리고, 주위 땅은 아무런 변동이 없었다. 원숭이도 나무에서 떨어지는 때가 있다고는 하나 그것은 돌이킬 수 없는 실수, 너무나 치명적인 실수였다는 것을 인정치 않을 수 없었다.

자기의 판단 착오를 탓하기가 싫은 황무석은 갑자기 진성구가 몹시 얄미워졌다. 이런 나쁜 놈! 진성구 이놈을 당장 혼내줄 방법이 없나? 그는 분을 못 이겨 자리에서 벌떡 일어나 창가로 가 창밖에 시선을 주며 주위를 서성거렸다.

순간, 그는 무엇에 놀란 사람처럼 한자리에 우뚝 선 채 창밖 어느 한곳에 시선을 보냈다. 그곳에는 진규식 회장의 빈 차가 현관 앞에 막 도착하고 있었다. 보통의 경우 10분 내지 15분 후에 진 회장이 타게 되어 있었다.

황무석은 무슨 중요한 일이라도 생각난 듯 책상으로 가 흰 종이와 볼펜을 집었다.

"형님, 제가 부르는 대로 빨리 받아쓰세요."

김 사장 앞에 그것들을 내려놓으며 서두르듯 말했다.

"형님, 시간이 없습니다. 제가 불러주는 대로 그냥 쓰세요. 설명은 나중에 할게요."

김 사장이 어리둥절해 있자 황무석이 다시 말했다. 김 사장이 볼펜을 잡았다.

"진정서. 수신 대통령 각하, 참조 대통령 민정 수석비서관……."

황무석이 소파 주위를 맴돌며 불러주기 시작했다.

"존경하옵는 대통령 각하. 국정을 돌보시느라 바쁘실 터인데 감히 이 진정서를 올리게 됨을 대단히 송구스럽게 생각합니다……. 저 개인적인 문제라면 대통령 각하께 진정서를 올릴 까닭이 없습니다만, 이 문제는 단순히 개인에게 국한된 것이 아니고."

황무석은 한곳에 멈추어 서더니 기흥건설의 직원 수를 물었고, 김인곤 사장은 185명이라고 대답해주었다.

"2백여 명의 선량한 직원들이 생계수단을 잃게 되므로 부득이 펜을 들게 되었습니다."

줄을 바꾸세요, 하고 구술하던 황무석이 말했다.

"1년 반 전 저희 회사는 대하실업의 5백억 원 상당의 공장건물 건축 업무를 발주받아 공사를 진행하고 있습니다. 공사도 무리 없이 예정대로 진행되어 현재 60퍼센트의 공정을 완료한 상태입니다."

55퍼센트밖에 안 됐는데, 하고 김 사장이 말하자, 그건 상관없습니다. 줄이나 바꾸세요, 라고 황무석이 말을 받았다.

"연(然)이나……."

'연' 자를 한자로 써야 하나, 하고 김 사장이 묻자, 필요 없습니다, 하고 황무석이 짜증을 냈다.

"연이나, 현재까지 대하실업으로부터 받은 기성고는 40퍼센트밖에 되지 않으므로, 저희 회사는 막대한 경제적 어려움을 겪고 있는바 일이 여의치 않으면 부도가 날 위기에 직면해 있는 실정입니다. 더군다나."

더군다나 전에 줄을 바꾸세요, 라고 황무석이 말했다.

"더군다나 건축주의 끊임없는 요구로 건축비 이외의 지출이 많았으므로."

괄호를 여세요. 그리고 괄호 안에 '커미션 조로 10억 원'이라고 써넣으세요, 라고 황무석이 말을 이었다. 꼭 써넣어야 돼? 하고 김 사장이 물었고, 꼭 써넣으세요, 라고 황무석이 답했다.

"타산 면에서도 적자를 피할 수 없는 형편입니다."

줄을 다시 바꾸세요, 라고 황무석이 말했다.

"이러한 두 가지 이유 때문에 저희 회사가 처한 어려움을 스스로 해결 못하고 불철주야 나라 걱정을 하시는 대통령 각하를 괴롭혀드리게 되어 죄송스럽기 그지없습니다. 생계 수단을 잃을 2백여 명의 선량한 일꾼들을 불쌍히 여기시어 대통령 각하의 자비로우신 선처가 있기를 기다리겠습니다. 대통령 각하의 만수무강을 기원하며."

줄을 띄고 오른쪽 밑에 쓰세요, 라고 황무석이 말한 후 다시 구술했다.

"기흥건설주식회사 대표이사 사장 김인곤."

잠시 후, 이게 전부지, 하고 김 사장이 묻자, 한 가지 남았습니다, 진정서 왼쪽 밑에다 쓰세요, 라고 황무석이 답했다.

"복사본 발송처 감사원 원장, 육군 보안사령부 사령

관, 안전기획부 부장, 국세청 청장, 경찰청 청장."

그건 무슨 이유야? 하고 김 사장이 묻자, 글쎄 이유가 있어요. 그대로 쓰세요, 여러 군데 진정서가 간다는 걸 알아야 진 회장이 떤단 말입니다, 라고 황 이사가 짜증을 냈다.

"다 썼어."

김 사장이 말했다.

"그럼 그것을 접어가지고 지금 빨리 현관으로 내려가세요."

김 사장의 눈이 휘둥그레졌다.

"현관에 진규식 회장의 차가 대기하고 있어요. 곧 진 회장이 내려올 겁니다. 형님이 기다리고 있다가 진 회장이 차를 타려고 할 때 지금 쓴 진정서를 전해주세요."

"뭐라고 말하면서 주지?"

김인곤 사장이 얼떨떨한 표정을 지었다.

"회장님, 최후 수단으로 회장님께 부탁드립니다, 나머지 건축비를 선불하도록 지시해주십시오, 라고만 하세요."

"글쎄, 이래도 될까?……."

김 사장이 머뭇거렸다.

"그럼 형님 마음대로 하십시오. 회사가 부도나도 저를 탓하진 마세요."

황무석은 짜증을 냈다.

"알았어. 일단 그렇게 해보지 뭐. 밑져야 본전인데……."

김 사장이 여전히 술이 깨지 않아 흐느적거리며 소파에서 일어났다.

김 사장이 사무실을 나간 후 혼자가 된 황무석은 소파에서 일어나 흥분을 가라앉히려고 서성거렸다. 자신이 생각해도 멋진 명문(名文)을 순식간에 작성했다고 자부했다. 그는 영어로 'Power of Pen!' 하고 마음속으로 엄숙하게 선언을 했다. 요즘같이 물고 물어뜯기는 세상일수록 펜의 힘이 얼마나 무서운지 모르는 사촌형 김인곤 사장이 답답했다. 권력가나 재력가가 다 약점이 있는 세상에서는 겁 없이 진정서 쓰는 놈이 장땡인 줄 돌대가리인 사촌형이 알 리가 없었다.

현관문을 나서 자동차가 세워져 있는 층계 밑으로 내려가던 진규식 회장은, 그의 앞으로 불쑥 나타난 웬 미치광이 같은 녀석과 마주치자 움찔했다. 법이란 법은 눈

을 뒤집어 까고 보아도 찾아볼 수 없는 세상인지라, 혹시나 그가 오너를 납치하는 과격 노동세력의 일원이 아닌가 해서였다.

"회장님, 전 대하실업의 신축공장을 건축하고 있는 기흥건설의 김인곤 사장입니다."

김 사장이 비틀거리는 몸으로 깊숙이 허리를 구부리자 진 회장은 안심했다.

"김 사장, 수고가 많아요."

진 회장이 의례적 인사인 것으로 알고 김 사장에게 손을 내밀었다. 김 사장이 진 회장의 손을 잡았다.

"회장님, 최후 수단으로 회장님께 부탁드리겠습니다. 나머지 건축비를…… 선불해주십시오."

말을 끝냄과 동시에 김 사장은 왼손에 들고 있던 진정서를 진 회장 앞에 두 손으로 내밀었다. 진 회장이 진정서를 받아들었다.

"그럼 내내 건강하십시오. 이만 물러가겠습니다."

김 사장이 다시 90도로 허리를 숙이고 나서 서둘러 자리를 떠났다. 진 회장은 어리둥절해 잠시 그 자리에 서서 멀어지는 김 사장의 뒷모습을 지켜본 후 차에 올라탔다. 미친놈! 진 회장이 속으로 뇌까렸다.

진 회장이 탄 차가 회사 정문을 빠져나가 대로의 차량

사이로 끼어들었다. 차가 거의 움직이지 않을 정도로 서행을 하는 동안에도 진 회장은 김 사장이라는 자가 전해 준 편지를 꺼내 읽을 생각도 하지 않았다. 보나마나 편지 내용은 하청업체가 억울한 일을 당했다는 사연일 것이고, 괜히 자신이 직접 진상을 알아보려고 하다가는 담당 중역들의 반감만 살 것이 뻔해, 과거에 그렇게 했던 것처럼 비서실장에게 편지를 주어 담당 중역에게 알아보라고 하기로 마음먹었다.

그렇지 않아도 요사이 중역들의 태도가 하루하루 달라지는 판인데 섣불리 건드려 반감을 살 일이 아니었다. 노동자들이 빨간 띠만 이마에 두르면 주먹을 휘두르며 윗사람도 몰라보고 개새끼니 소새끼니 떠들더니, 이제는 중역들마저 오너를 보는 눈빛이 예전과는 많이 달라진 것 같았다. 간단히 말해, 노동자도 자기 권리를 주장하니 자기들도 이제부터는 회사만 믿을 수 없고 먹고살 길을 마련해야겠다는 식이었다.

나, 참! 도대체 세상이 어떻게 되려고 배웠다는 중역이라는 자들마저 이 모양 이 꼴인가. 진 회장은 한숨을 내쉬었다. 진 회장은 무슨 생각이 난 듯 수화기를 들고 사장실 전화번호를 눌렀다. 자회사 설립 당시 주식 분산을 위해 자회사 사장 명의로 해놓은 주식을 이제는 그대로 두기가 불안하니 그만 회수하라고 한 달 전 진성구 사장에게 지시를 내렸었는데 그 이행 여부를 확인하고 싶었다.

진 사장이 사무실에 없다는 비서의 말에, 그러면 진 사장에게 연락을 취해 차로 급히 전화를 하라고 일렀다. 곧 진성구로부터 전화가 왔다.

"지금 어디에 있냐?"

진 회장이 물었다.

"대구로 내려가는 중이에요."

"대구는 왜?"

"이성수 교수를 만나려고요."

"이 교수한테 무슨 일이 있냐?"

"아직 모르겠어요. 한 달 동안 연구소에 출근하지 않았다고 해서 알아보려고요."

진성구가 조심스럽게 말했다.

진 회장은 갑자기 혈압이 올랐는지 목 뒤가 뻣뻣해옴을 느꼈다. 그렇지 않아도 하나밖에 없는 딸인 미숙이 자식을 버려두고 자살을 기도했다는 사실이 가문의 수치로 여겨져 속이 탔는데, 이혼을 했다지만 외손자의 아버지가 무슨 불상사라도 저지른다면 이제는 얼굴도 못 들고 다닐 것 같았다.

"이 교수 만나면 대학에 교수 자리가 곧 마련될 것 같다고 전해라."

진 회장은 진성구에게 말하며, 둘째아들 성호의 장인인 이인환 교수를 통해 재단 이사장에게 부탁해놓은 교수 자리를 빨리 성사시켜야겠다고 다짐했다.

"그리고 일전에 지시한, 자회사 사장들이 보관 중인 주권 회수는 어떻게 되어가고 있냐?"

"현재 시점까지 반 정도 회수했습니다."

진성구가 말했다.

"왜 그렇게 늦어? 무슨 이유 때문이야?"

"몇몇 사장은 해외 출장 중이고, 두서너 사람은 차일피일 미루고 있어요."

"무슨 이유로?"

"표면적인 이유는 여러 가지가 있지만 실제로는 좀 문제가 있는 것 같아요."

"무슨 문제?"

"보상 비슷한 걸 바라는 눈치예요."

이런 미친놈들이 있나! 진 회장은 분통이 터질 것 같았다. 이름을 빌리기 위해서 일시 맡긴 주권을 가지고 감히 권리 행사를 주장하다니.

"누가 그래?"

진 회장이 소리를 꽥 질렀고 진성구는 침묵을 지켰다.

회사에서 내보낼 때 퇴직금은 말할 것도 없고 위로금까지 듬뿍 쥐어주었는데, 거기다가 무능하다는 이유 하나만으로는 그냥 매정스럽게 내보낼 수 없어 조그만 회사지만 이런저런 자회사의 사장직을 맡겨주었는데……, 이제 와서 엉뚱한 욕심을 부리다니! 이런 배은망덕한 놈들, 그까짓 이름 석 자 빌려준 것이 무어 대단한 짓이라고…….

"모두가 노조에 시달리다 보니 신변에 불안을 느끼는 것 같아요."

"노조원들한테 끌려가 좀 시달렸다는 것이 무슨 큰 희생이나 된다고 그래?"

진 회장이 다시 소리를 질렀다. 내 이러다간 천수하기 글렀어. 뇌졸중에 쓰러져 반신불수가 되든지, 자다가 심장이 멎어버리든지 할 거야. 진 회장은 심호흡을 서너 번 하면서 분을 가라앉히려고 노력했다.

"도대체 어떤 미친놈들이 보상을 원한다고 그래? 그깟 놈들 다 내보내버려."

진 회장이 분을 이기지 못해 씩씩거렸다.

"그렇게 서두르실 일이 아니에요. 주식을 발행할 때 그자들 이름으로 했고, 주권 자체도 그자들이 가지고 있으

니 달래는 수밖에 없어요. 더구나 자회사 사장이 노조를
부추기면 오히려 회사가 큰 피해를 입을지도 몰라요."

"그럼 무턱대고 기다리고만 있어야 된단 말이냐?"

"반드시 그렇지는 않아요. 문제가 있는 자회사 사장
들도 약점이 있겠지요. 지금 비리가 있는지를 캐고 있는
중이에요."

"무슨 비리?"

진 회장의 화가 좀 가라앉는 듯했다.

"원·부자재 구매 분야를 일단 조사 중이에요. 은밀히
진행 중이니 아버님께선 너무 걱정 마시고 저한테 맡겨
주세요."

"알았어, 잘해봐."

진 회장은 수화기를 내려놓았다. 그래도 미우나 고우
나 믿을 놈은 자식놈밖에 없다는 사업 친구의 말이 상기
되었다. 머저리 같은 자식을 둔 이유 하나 때문에 평생
동안 죽을 고생을 해 일구어놓은 사업체가 잠깐 사이에
작살이 나는 경우가 허다한데, 그래도 자신은 회사일에
전념하는 아들이 둘이나 있으니 어쩌면 남이 부러워할
대상인지도 모른다는 생각이 들었다.

그러나 그것도 잠시뿐, 자신이 회사일을 꼼꼼히 챙기
지 않는 사이 어물쩍 회사 돈을 옭아내 골프장 허가를

얻어놓고 자기 것이라며 회사에 내놓지 않는 큰아들을 생각하니 갑자기 혈압이 오르는 것 같았다.

내 이놈 버릇을 어떻게 고치지? 대가리가 커졌다고 벌써 아버지 면전에서 눈을 똑바로 뜨고 할 말 다 하니, 좀 더 있으면 무슨 짓을 하려 들지 모르지……. 진 회장은 정말로 혈압이 오르는 듯 손으로 목뒤를 꽉꽉 눌렀다.

황무석은 이 궁리 저 궁리로 머리를 굴리다가 전화벨 소리에 깜짝 놀라 수화기를 들었다.

'무석이냐?' 하는 사촌형 김인곤 사장의 목소리에 황무석은 머리끝까지 화가 치밀었다.

"아니, 왜 이제야 전화하는 겁니까?"

황무석이 화를 냈다.

"배가 아파서 화장실에 갔다오느라고. 진 회장에게 네가 시킨 대로 말하고 편지를 전해주었어."

"뭐라고 그래요?"

"아무 말 안 하고 그냥 편지 받아서 주머니에 넣데."

"잘하셨어요."

잠시 침묵이 흘렀다.

"아, 참, 경호실에 형수 친척 되는 분이 있지요?"

황무석이 물었다.

"너의 형수한테 사촌동생뻘이 되지, 아마. 차장인가 뭔가 하던데……."

"그 사람한테 지금 찾아가서 부탁하세요."

"한데 그 친구가 대학에 합격했을 때 입학금을 장인에게 부탁했는데…… 장인이 도와주지 않았다나봐…… 그래서 그 친구 육사에 갔다던데."

김인곤 사장이 자신 없는 목소리로 말했다.

"그런 것 따질 때가 아닙니다. 형수님과 같이 오늘 당장 그 친구 집에 찾아가 사정을 하세요. 진 회장에게 압력을 좀 넣어달라고요. 회사가 부도난다고 엄살을 떨어보세요."

"알았어. 오늘 저녁에 만나보지."

"형수님과 같이 만나세요. 조금만 압력을 넣어도 진 회장이 해결해줄 겁니다. 진 회장도 약점이 많은 사람이니까요."

"알았어. 알았다고."

김 사장이 짜증을 냈다.

"만나서 정확히 뭐라고 할 거예요?"

그래도 불안감을 느껴 황무석이 다시 물었다.

"그냥 만나서 회사가 부도가 나게 되어 있으니까 받을 돈 받게 해달라고 해야지 뭐."

"그러지 마시고요. 대기업 횡포 때문에 중소기업이 문 닫게 되었다고 하십시오. 내일이라도 당장 진 회장 불러들여 진 사장이 그런 횡포를 부리니 막아달라고 따끔하게 얘기하라고 하세요."

"알았어. 지금 당장 갈게."

"그럼 저한테 결과를 알려주세요."

황무석은 전화를 끊고 잠시 마음을 진정시켰다.

어쩌면 일이 생각보다 쉽게 풀릴지도 모른다는 생각이 들었다. 뭐니 뭐니 해도 경호실 차장이면 시시한 장관보다는 위력이 있고, 경호실 차장이 나서서 진 회장이나 진성구에게 한마디 따끔하게 해주면 진 회장이 아무리 용빼는 재주가 있다 하더라도 경호실 차장의 부탁을 들어주지 않고는 못 배길 것 같았다. 빌어먹을! 경호실 차장이 가까운 내 인척이라면 벌써 한몫 잡았을 텐데……. 황무석은 오늘따라 김인곤 사장이 몹시 무능해 보였다.

'삐—' 하고 인터폰이 울렸다.

"이사님, 경리부의 서 차장님이 오셨는데요. 지금 급히 뵈어야 한대요."

"들여보내."

문을 열고 들어서는 서 차장의 얼굴이 새파랗게 질려 있었다.

"황 이사님, 큰일 났습니다. 박 상무님 어디 계시는지 아십니까?"

"난 모르는데, 무슨 일이야?"

무슨 급한 일인지는 모르나 침착하지 못하고 호들갑을 떠는 서 차장이 한심했다.

"방금 전 국세청 직원이 경리부에 들이닥쳤습니다."

"몇 명이나?"

"20명 정도 됩니다. 트럭을 가지고 와 경리장부를 싣고 있습니다. 저희들은 다 쫓아내고요."

보통 일이 아닌 것 같았다.

"경리부장은 어딨어?"

"지금 국세청 인솔 책임자와 같이 있습니다. 박 상무님도 안 계셔서 부장님이 저한테 박 상무님과 사장님, 회장님께 급히 연락 취하라고 했습니다."

"연락되었나?"

"아직 아무한테도 연락드리지 못했습니다. 사내에 계시지 않아서요. 제가 직접 연락드리기도 뭐하고요. 이사님께서 연락해주셨으면 합니다."

"알았어. 내가 연락해보도록 하지. 그리고 경리부 직원들 입단속 철저히 시켜. 이 사실이 사내나 사외로 알려지지 않도록……."

"알겠습니다."

서 차장이 나가자 황무석은 벽시계를 보았다. 2시 10분. 황무석은 세 사람의 카폰으로 연락을 취하기 시작했다.

한편 경부고속도로를 달리는 차의 운전석에 앉아 있는 진성구는 방금 전 아버지 진 회장과의 통화 내용을 반추하자 마음이 꺼림칙했다. 자회사의 주식도 분명히 빠른 시일 내 해결해야 할 문제이긴 하지만, 근래에 와서 아버지 진 회장이 매사에 신경과민이 되어 있는 것 같았다. 그렇지 않아도 몇 달 전 의사가 혈압이 높으니 스트레스가 쌓일 일은 피하라고 했는데, 요즘 들어 당신이 직접 회사일을 더 꼼꼼히 챙기려고 하는 것 같아 보였다.

혹시 나를 믿지 못해서일까? 혹시 이복동생인 성호에게 회사를 맡기려고 하는 것이 아닌가? 진성구는 사념을 떨쳐버리려고 안간힘을 썼다.

잠시 후 그는 자신도 모르게 차창 밖으로 펼쳐지는 자연의 평화스러움을 마음껏 즐기고 있었다. 멀리서 희미하게 자태를 드리우는 높은 산 밑으로 병풍처럼 쳐져 있는 낮은 산의 우아한 능선이 누런 평야로 느긋하게 이어지다가 쭉 뻗은 고속도로와 저 멀리서 만나고 있었다. 그의 눈에 비친 자연은 고속도로를 질주하는 자동차의 소음을 느긋한 관대함으로 받아들이며, 의연한 자세를 잃지 않고 있었다.

그는 자연에 보내던 시선을 거두어 옆자리에 있는 이혜정에게로 고개를 돌렸다. 이혜정의 옆모습이 눈에 들어왔다. 그가 오랫동안 익숙해 있던 혜정의 발랄함이 어떤 고뇌의 그늘에 가려 빛을 잃어가고 있는 듯했다. 이혜정이 그의 시선을 느꼈는지 그에게 고개를 돌려 미소를 지어 보였다.

"기사를 왜 안 데리고 왔어요?"

이혜정이 물었다.

"혜정과 둘이 있고 싶어서. 왜 겁나?"

"아니요. 대구에서 성수 씨가 있는 오피스텔 찾는 데 힘드실 것 같아서요."

"그래도 안 데리고 온 건 아주 잘한 것 같아."

"……."

"왠지 알아? 나는 지금 해방감을 만끽하고 있어."

돌이켜보면 혜정과의 만남은 언제나 자신에게 해방감

을 주었다고 진성구는 생각했다. 무엇으로부터의 해방이었나? 현실·위선·탐욕, 그리고 미움으로부터. 그는 자문자답했다.

자신에게 이혜정이란 여자가 정확히 무엇인지는 몰라도 무엇이 아닌지는 알 듯했다. 그녀는 현실은 아니었다. 그렇다고 이상도 아니었다. 그녀는 현실이기에는 너무나 이상적이었고, 이상이기에는 너무나 현실적이었다. 그녀는 현실과 이상 사이의 경계선이라 할 수 있을 것 같았다. 이혜정이란 경계선에 서서 현실과 이상의 양쪽을 내려다보면서, 자신은 이상을 내팽개치지 않으면서 현실과 타협하는 힘을 얻은 것이 아닌가? 그러니까 결국 현실과 이상의 경계선에 있는 것, 바로 그것이 삶의 지혜가 아닐까!

"성수 씨를 만나면 무슨 말을 할 거예요?"

이혜정이 그의 반대쪽 차창 밖으로 시선을 보내며 물었다.

"아직 생각해보지 못했어. 무슨 말을 하면 좋을까?"

"저도 잘 모르겠어요. 여하튼 안정된 생활을 하도록 권유하는 수밖에 없을 것 같아요. 이대로 가다간 머지않아 폐인이 되고 말 거예요."

"혜정이 아직도 성수를 그렇게 생각하는 줄 몰랐네……."

진성구가 말끝을 흐렸다.

"성수 씬 도움이 필요한 사람이에요. 물론 나보다 미숙이가 도와줄 수 있으면 더없이 좋겠지요."

"성수와 미숙이의 재결합을 생각하는 거야?"

"못할 일도 아니잖아요. 성수 씬 미숙이를 아직도 사랑하는 것 같던데."

"그럼 왜 헤어졌지?"

"글쎄요. 어떤 오해 때문일지도 모르지요."

"무슨 오해?"

"미숙이가 자기를 사랑하지 않는다는 오해, 미숙이가 다른 남자를 사랑한다는 오해……. 사소한 일이라도 성수 씨처럼 예민한 사람에게는 치명상이 될 수 있어요."

"성수는 미숙이가 이진범을 사랑한다고 생각했을까?"

"저도 잘 모르겠어요. 만일 그랬다면 성수 씨는 심한 마음의 상처를 입었을 거예요."

고속도로를 달리는 차 안에서 침묵 속에 빠진 진성구

의 귀에 갑자기 '윙' 하는 엔진 소리만이 차바퀴의 마찰음 속에 들려왔다. 그 순간 세 남자와 두 여자가 그의 머릿속에 떠올랐다. 마음의 상처를 입은 한 남자와 본의 아니게 그 남자에게 상처를 준 한 쌍의 남녀, 상처받은 남자를 사랑하는 여자, 그리고 그 여자를 잊지 못하는 남자…… 이성수, 이진범과 미숙, 이혜정, 그리고 자기 자신…… 어쩌면 모두가 피해자일지도 모른다는 생각이 들었다. 무엇으로부터의 피해자일까? 그 질문이 진성구의 가슴을 파고들었다.

"한 가지 질문을 해도 되겠어? 대답하기 싫으면 하지 않아도 돼."

이혜정이 창밖으로 보내던 시선을 거두어 그를 보았다.

"성수를 어떻게 사랑하게 되었어?"

이혜정이 다시 창밖으로 시선을 보내며 침묵을 지키자, 진성구는 질문한 것을 후회하는 마음이 되었다.

"성수 씨의 이상주의…… 성수 씨는 불치의 이상주의자예요."

이혜정이 창밖에 시선을 꽂아둔 채 말했다. 이혜정이 곧이어 말을 이었다.

"우리 모두가 이상주의자라고 할 수 있어요. 정도는 다르지만요…… 하지만 성수 씨는 불치의 이상주의자,

유토피안이에요."

"그래서 성수가 이데올로기에 심취해 있었는지 모르겠
군."

"그럴지도 모르지요. 이상주의자가 이상이 깨어졌을
때 그를 구원해줄 수 있는 것은 아마 걷잡을 수 없는 증
오심이나 유토피아니즘일지도 몰라요."

"……."

"성수 씨가 찾은 건 남녀간의 사랑보다 더 고귀한 인
류의 사랑이었을 거예요. 특히나 박해받는 사람들을 향
한 사랑……."

"공산주의가 몰락해가는 지금도 성수는 이상주의자로
남아 있을까?"

진성구가 물었다.

"지금은 아마 허무주의자로 변해 있을 거예요."

"혜정은 자신을 무슨 주의자라고 생각해?"

진성구가 미소 속에 물었다. 잠시 침묵이 흘렀다.

"저는…… 저는 낭만주의자도, 이상주의자도 아닌 파
렴치한 욕망주의자예요."

이혜정이 담담하게 말했다.

"그런 소리 하지 마. 혜정은 세상에서 가장 사랑받을
만한 가치가 있는 여자야."

진성구는 그렇게 말하곤, 더이상 대화를 끌어나가다간 혜정의 자학 심리에 부채질을 하게 될 것 같아 입을 다물었다.

그는 문득 방금 전 떠올렸던 질문에 대한 답을 얻은 듯한 느낌이 들었다. 정도에는 차이가 있으나 그들 모두는 자신들의 가슴속에 품고 있는 이상주의의 피해자일지도 모른다는 것이었다.

아직도 젊다는 증거인가? 진성구는 자신에게 물었다. 결국 젊음이 가해자란 말인가? 그러면 빨리 늙어 늙음에 안주해야만 고뇌에서 해방될 수 있단 말인가? 그럴 수 없다. 무슨 일이 있어도 그럴 수는 없다. 이 나이에 벌써 젊음을 포기할 수는 없다. 진성구는 속도를 내었고, 차는 들판을 가로지르며 방금 전 느꼈던 느긋한 자연의 평화스러움을 산산조각 내고 있었다.

'삐―' 하고 카폰이 울리자 진성구가 수화기를 들었다.

"사장님이세요? 저 황무석입니다. 다름 아니라 방금 전 국세청에서 나와 장부를 다 실어갔습니다."

"세무사찰 아니오?"

진성구가 자신도 모르게 카폰에다 대고 소리를 질렀다.

"그건 확실히 얘기해주지 않았습니다."

"회장님과 박 상무도 그 사실을 알고 있나요?"

"아니오. 사내에 계시지 않아서…… 아직 연락드리지 못했습니다."

"그럼 빨리 연락하세요. 정보가 새어나가지 않도록 직원 단속 잘하라고 하고, 국세청에 내막을 알아보세요. 새벽까지는 서울에 올라갈 거예요."

진성구는 꽝 하고 수화기를 내려놓았다.

"회사에 무슨 일이 일어났어요?"

이혜정이 근심 어린 표정 속에 말했다.

"별일 아니야. 회사 운영하다 보면 흔히 있는 일이야."

진성구는 아무렇지도 않다는 표정을 지어 보였다. 하지만 그는 마음속으로 몹시 걱정이 되었다. 회사 기밀을 쑤시고 들어오면 걸릴 일이 한두 가지가 아닌데…… 정치자금을 과감하게 뿌리라고 그렇게 말했는데도 영감이 짜게만 놀더니……. 진성구는 아버지를 원망했다.

"남자들은 왜 그렇게 돈을 벌려고 해요?"

이혜정이 차창 밖으로 시선을 보낸 채 물었다.

"다른 취미가 없어서 그래."

진성구가 말했다.

"다른 이유는 없어요?"

"돈 버는 재주밖에 없으니까……."

"또 다른 이유는요?"

"사랑하는 사람이 없으니까."

두 사람은 서로 마주 보고 미소 지었다.

4. 고뇌하는 남자 : 이성수

- 복수로 인해 희생당한 가족들에 대한 죄책감.
- 공산권의 종주국인 구소련의 몰락은 동구권이나 구소련 내의 지식인들 사이에서는 일찍부터 예견된 사건으로, 서구권의 좌경지식인에게만 충격적인 사건이었다. 공산권의 지식인들이 예견할 수 있었던 이유는 '사유재산의 폐지'는 사유재산과 직접적인 관계가 있는 개인의 자유를 허용치 않는 것이기에 개인의 자유가 없는 제도는 존속할 수 없다는 간단한 원리 때문이다.
- 박정희는 한 남자로서 가장 불행한 운명을 타고났다. 아내는 자신을 향해 발사된 총탄에 죽고, 자신은 62세 나이에 젊은 여인들 사이에서 부하의 총탄에 죽고, 그 후 하나뿐인 아들은 사창가에서 마약을 하다가 법망에 걸렸으니, 누구의 잣대로 재든 간에 미움을 받기보다 동정을 받아야 할 남자가 아닌가.

대구시의 변두리에 위치한 고층건물의 12층, 여섯 평이 될까 말까 한 자그마한 오피스텔 내부에 늦은 오후의 햇살이 무지막지하게 파고들어왔다. 텔레비전 소리가 방 안을 쩌렁쩌렁 울리는데도 창문 옆으로 벽에 붙어 있는 작은 침대 위에서 한 남자가 이불도 덮지 않은 채 그냥 자고 있었다. 바닥에 뒹굴고 있는 빈 소주병으로 보아 술에 취해 곯아떨어져 있는 것 같았다.

허름한 물건들로 들어찬 오피스텔 내에서, 그래도 제대로 된 물건을 찾는다면 벽에 걸린 거울과 창문 옆 책상 위에 있는 타자기, 그리고 타자기 옆에 놓인 텔레비전 정도였다. AFKN 채널에 맞춰져 있는 텔레비전에서는 뉴스가 흘러나오고 있었다.

잠시 후 햇살이 기름하게 드리워지더니, 침대 위에 실오라기 하나 걸치지 않은 나체인 채로 새우잠을 자고 있는 남자의 얼굴에까지 덮쳤다. 햇살이 드러낸 사나이의 얼굴은 창백하다 못해 백지장 같았다. 그는 햇살이 싫은지 상을 찡그렸다가 곧 눈을 떴다. 그는 천천히 상체를 일으켰다.

그는 양 무릎을 세우고 그 사이에 머리를 파묻었다. 잠시 후 무슨 영감이 떠올랐는지 그는 후닥닥 침대에서 내려와 책상 앞에 앉았다. 타자기 옆에 펼쳐진 연극 대본의 한쪽 여백에 무언가 써넣은 후 타자기를 끌어다놓고 치기 시작했다. 그는 대본을 고친 부분이 마음에 드는지 미소를 머금었다. 그러나 그런 미소도 잠시뿐, 그는 타자기를 껴안듯 하며 그 위에 엎어졌다. 들릴락 말락 하는 신음 소리가 그의 입에서 새어나왔다.

얼마 후 그는 갑자기 고개를 들어 무슨 소리인가에 귀를 기울이는 듯했다. 그러다가 천천히 고개를 텔레비전이 있는 쪽으로 돌려 무서운 표정을 지으며 뉴스가 방영 중인 텔레비전 화면을 응시했다. CNN 방송의 미국인 아나운서가 흥분한 목소리로 동독의 몰락, 더 나아가 동구 공산권의 몰락을 예고하고 있었다.

그는 자리에서 일어나 앉아 있던 의자를 두 손으로 집어들었다. 그리고 있는 힘을 다해 텔레비전 화면을 향해 내던졌다. '와장창' 하고 텔레비전 화면이 깨지는 소리가 난 후 방 안은 조용해졌다. 그는 나체인 채로 거울 앞에 섰다. 거울에 비친 갈비뼈만 남은 앙상한 가슴을 응시하며 그는 두 다리로 버티고 서서 양팔을 꺾어 어깨 위로 올린 후 보디빌더가 자세를 취하듯이 힘을 주었다.

그는 거울에 비친 자신의 모습이 우스운지 피식 웃음을 흘린 후 시선을 아래로 내려 하체 중간에 돌출된 남근을 응시했다. 그의 상상일 뿐이지만 오랫동안 잠자고 있었던 그의 남근이 놀랍게도 발기하기 시작했다. 그 순간, 그는 방금 전 공산주의가 몰락하고 있다는 텔레비전 아나운서의 말을 떠올렸다. 몰락해가는 공산주의가 그의 남근에서 되살아나고 있다고 그는 확신했다.

공산주의가 이렇게 부활하고 있다는 사실은 아무도 모를 거다. 거울 속에 비친 자신의 벌거벗은 육체를 보며 그는 입속에서 중얼거렸다. 한반도 어느 한구석, 허물어져가는 육체를 지닌 39세 된 남자의 남근에서부터 공산주의가 부활하기 시작했다는 사실을 자본주의의 주구(走

狗)인 너희들은 알 리가 없다. 그는 가슴속에서 소리를 질렀다.

그는 어깨 위로 올리고 있던 두 팔을 갑자기 몸통 양 옆에 붙이고 차려 자세를 취했다. '이데올로기!' 하고 부르짖은 후 그는 나직한 목소리로 중얼거리기 시작했다.

"이데올로기는…… 구원의 여인, 어떤 절세미녀보다 더욱 아름다운 여인, 세상의 어떤 귀부인보다…… 더 고귀한 여인."

'그리고' 하고 목소리를 높인 후 그는 다시 나직한 목소리로 중얼거림을 계속했다.

"그것은 또한 배신의 고뇌를 잊게 하는 망각제, 절망을 희망으로 보이게 하는 최면제…… 창녀와의 배설 행위를 위대한 사랑으로 승화시키는 환각제……."

그는 고개를 쳐들고 소리 죽여, 그러나 힘차게 노래를 부르기 시작했다.

아침은 빛나라 이 강산 / 은금에 자원도 가득한
삼천리 아름다운 내 조국 / 반만년 오랜 역사에
찬란한 문화로 자라난 / 슬기론 인민의 이 영광
몸과 맘 다 바쳐 이 조선 / 길이 받드세

노래를 끝낸 후 그는 거울 속의 사나이를 물끄러미 쳐다보았다. 거울 속의 벌거벗은 사나이 꼴이 우스운지 그는 피식 웃었다. 거울 속의 사나이도 따라 웃었다. 그는 기분이 나빠진 듯 화난 얼굴을 했다. 거울 속 사나이도 마찬가지로 화난 얼굴을 했다. 그는 거울 속의 사나이를 향해 '니미 ×이다'라고 중얼거리면서 주먹 쥔 오른팔을 왼손으로 잡고 앞으로 쑥 내밀었다. 그런 후 그는 허물어지듯 침대 위에 나동그라졌다. 순간, 정적이 방 안을 메웠다.

잠시 후 방 안의 정적이 깨지면서 서른아홉 살 된 벌거벗은 남자의 어깨가 흔들리기 시작했다. 그다음 '꺼억 꺼억' 하는 소리가 그의 입속에서 새어나왔다. 그는 무릎을 두 팔로 껴안았다. 한 줄기 햇살이 어지러이 움직이는 방 안의 먼지를 뚫고 들어와 웅크리고 있는 벌거벗은 육체를 드러내주었다. 한기를 느끼는지 그는 몸을 부르르 떨었다. 눈을 감은 채 무언가 손으로 잡으려고 주위를 더듬었다. 아무것도 잡히지 않았다. 그는 눈을 떴다가 다시 감았다.

나를 자유롭게 해다오! 그는 몸을 비틀며 속으로 외쳤다. 그러나 그는 과거로부터, 돌아가신 아버지와 관련된 과거로부터 결코 자유로울 수 없다는 것을 알았다. 욕심 많은 늙은이의 잔인한 희생물이 된 아버지가 일기장에 남긴 불을 뿜는 듯한 복수심, 그 복수심이 아들에게서 아내와 자식을 앗아간 줄 아버지는 모를 것이다. 그는 속으로 울부짖었다. 그리고 그 복수심은 아내의 짓이겨진 손목 흉터와 함께 그의 의식을 서서히 점령해 들어와 죄의식으로 바뀌어 그의 팔다리와 가슴을 칭칭 감고 숨통을 조여오기 시작했다.

죄의식이란 놈은 잠도 없는지, 그가 잠든 동안에도 그의 의식을 파고들어와 소리쳤다. '너, 이성수, 천하에 못된 놈. 여자가 면도칼로 자신의 손목을 자를 때의 고통을 아느냐? 이 돼지만도 못한 놈. 가족을 팽개치고 제멋대로 놀아난 놈. 일말의 양심도 없단 말이냐?'

그런 죄의식이 그의 모습을 바꾸어놓았다. 상처 입은 채 적도의 햇볕이 잔인하게 내려쬐는 사막 위를 걸어가다가 기진맥진하여 쓰러진, 가죽이 벗겨져 알몸이 드러난 야수의 모습으로……. 그는 생명이 다하기 전 마지막 힘을 다해 사지를 움직이듯 옆으로 누운 채 몸을 뒤틀며 구부린 두 다리를 조금 폈다가 다시 움츠렸다. 그런 후 그는 죽은 듯이 움직이지 않았고, 방 안에는 한 줄기 햇살 속에 갇힌 먼지들만이 그 속에서 빠져나가려고 발버둥치고 있었다.

이성수는 그런 자세로 꿈을 꾸었다. 수평선이 아른거리는 푸른 바다에 면한 어느 해변에서 그는 아들 진호와 모래성을 쌓고 있었다. 그는 자신이 진호에게 오랫동안 하지 못했던 아버지 노릇을 하는 것 같아 마음이 흐뭇해졌다. 모래성 쌓기에 몰두해 있는 아들 진호의 해맑은 눈동자가 그의 가슴에 와 닿았다. 그는 그것이 행복이라는 것을 알았다. 단순한 것, 순진한 것, 그리고 가슴 뿌듯한 것, 그러나 불행하게도 계속될 수 없는 것.

다음 순간 그는 꿈속에서 자신의 오른손에 들린 면도칼을 물끄러미 바라보는 자신의 모습을 보고 있었다. 꿈속의 그는 어느 늙은이의 등 뒤로 살그머니 다가섰다. 그는 늙은이의 손목을 잡자마자 면도칼로 늙은이의 손목을 그었다. 순간 늙은이가 돌아보았다. 놀랍게도 그 늙은이는 아내로 변해 있었다. 그는 놀라 비명을 질렀다.

자신이 지른 비명에 놀라 잠에서 깨어날 듯하다가 다시 꿈속으로 빠져들어갔을 때 그는 이번에는 깊은 바닷속으로 끌려 들어가고 있었다. 그의 몸이 무엇인지 모를 어떤 신기한 힘에 이끌려 바닷속으로 점점 더 깊이 들어갔다. 놀랍게도 그의 마음은 편안해졌다. 그것이 그가 그토록 오랫동안 찾아 헤매던 마음의 평온이라는 것을 그는 알았다.

　이성수는 얼마 동안을 바닷속으로 그렇게 끌려 내려가다가 아들 진호가 해변에 혼자 있다는 사실을 깨달았다. 그는 발버둥을 쳤다. 잠시 후 그의 몸이 수면 위로 떠오르는 순간 그는 해변을 훑어보았다. 텅 빈 해변, 사람의 그림자라곤 보이지 않는 해변을 향해 그는 목청껏 진호를 불렀다. 스산한 바람이 모래를 날릴 뿐 아무런 반응이 없었다. 그 순간 그는 또다시 자신이 진호를 버렸다는 사실을 깨달았다. 진호를 다시 찾지 않으면 이제는 영원히 볼 수 없으리라는 불안감이 다가왔다. 그는 있는 힘을 다해 해변을 향해 헤엄쳐나갔다.

　오피스텔의 침대 위에 뉘어진 이성수의 몸뚱어리에서 팔다리가 빠져나가듯 두 팔과 두 다리가 허공 속을 허우적거렸다. 그의 손이 침대 옆 창문을 쳤다. '와장창' 하고 유리창 깨지는 소리와 함께 그는 눈을 번쩍 떴다. 피가 흐르는 왼손 주먹을 들어 잠시 동안 유심히 보았다.

　그는 서서히 몸을 일으켰다. 그리고 왼손의 상처에서 흐르는 피를 오른손으로 훑어낸 후 손가락이 총구(銃口)인 양 손가락을 자신의 관자놀이에 갖다대었다. 그리고 '탕' 하고 총소리를 내었다. '탕' 하는 소리와 함께 탄환이 자신의 머리를 꿰뚫은 듯이 그는 비틀했다. 그 순간 그는 중앙정보부장의 권총에서 발사된 두 번째 탄환을 맞은 박정희가 되어 있었다. 그는 비틀비틀 몇 걸음 옮겨 침대 옆 책상 쪽으로 가 책상 위에 놓인 연극 대본을 집어들었다. 그는 대본의 마지막 부분을 힐끗 보고는 다시 책상 위에 내려놓은 채 그 자리에서 벌렁 몸을 뒤로 던졌다.

영원히 깨지지 않을 것 같은 침묵이 오피스텔을 가득 채우고 있었다. 잠시 후 그는 두 손으로 머리를 감싸며 천천히 일어났다. 그는 책상 위에 놓인 대본을 다시 집어들고는 창밖 하늘 쪽으로 시선을 멀리 보내면서 오른손을 앞으로 내밀어 '영수! 영수!' 하고 부르기 시작했다. 그때 그는 뭉게구름 사이로 잠깐 모습을 보였다가 다시 구름 속으로 사라지려는 여인의 모습을 놓치지 않고 보고 있었다. 그 순간 그는 머리에 총알을 맞은 박정희가 되어, 총탄으로 세상을 먼저 등진 아내에게 말하기 시작했다. 아니, 그는 박정희의 고뇌를 몽땅 뒤집어쓴 고뇌의 화신이 되어, 자살을 기도한 옛 아내 진미숙에게 고백하기 시작했다.

"영수! 영수!"
영수가 나에게 가라고 손짓하는구나. 영수! 나는 다시 돌

아가지 않겠소. 자식들이 어리다고? 어려도 별수 없소. 난 돌아가지 않으리다. 나를 버리지 마시오. 영수, 당신 한테만은 버림받을 수가 없소. 죽음도 구할 수 없는 고행 속에서 나를 구해준 것은 악마와 천사의 만남, 바로 우리의 만남이었소. 영수, 당신과의 첫 번째 만남은 눈과 눈의 마주침이 아니었소. 당신은 나의 뒷모습만을 보고 나를 택했소. 등을 구부려서 구두끈을 매고 있는 나의 뒷모습을 보고 당신은 '남성답고 듬직하다'고 말했소.

영수! 당신의 순진함은, 당신의 고운 마음씨는 따스한 햇볕이 되어 망망한 대해의 몸부림치는 격랑을 잠재웠소. 파산 직전에 있는 노후한 한 척의 배를 구해낸 것이오. 당신의 아량은, 당신의 인내심은, 당신의 아름다움은 한 송이의 가련한 목련이 되어 발광하는 악마를 시인으로 변모시켰소. 그래서 나는 희망의 시를 썼소.

"나의 모든 부족하고 미흡한 것은 착하고 어질고 위대한 그대의 여성다운 인격에 흡수되고 동화되고 정착되어 일개 사나이의 개성으로 세련되고 완성되리라."

이 시는 한 사람의 필부(匹夫)로 남은 인생을 살며 인자한 아버지, 애정 어린 남편이 되겠다는 엄숙한 신과의 맹세였소.

아! 그러나 독한 독사가, 수천 조각으로 짓이겨진 줄 알

앉던 과거란 독사가 다시 꿈틀거리며 긴 혓바닥을 날름
거리기 시작했소. 너는 배신자, 너는 밀고자, 너는 비겁
한 자라고 그 혓바닥이 지껄이기 시작했소.

이성수는 대본을 읽다 말고 그 자리에 털썩 주저앉았
다. 그는 무릎을 두 팔로 감싸고 무릎 사이에 얼굴을 파
묻었다. 그의 머릿속에 자리 잡은 악마가 그에게 조소를
보내고 있었다. 아버지가 돌아가신 후 우연히 본 아버
지의 일기장의 한 페이지 속에 담겨진 악마, 그것은 아
버지의 처절한 과거였고, 그 과거는 긴 혓바닥을 날름거
리며 복수를 부르짖고 있었다. 그는 고개를 들어 세차게
저으며 '끙' 하고 신음을 토해냈다.
　이성수는 벌떡 일어나 대본을 펼쳐들고 창문 쪽으로
가 뾰족한 유리조각이 창틀에 조금 붙어 있는 창문을 열
어젖혔다. 12층 높이의 대기 속에서 불어닥쳐오는 강한
바람에 그의 텁수룩한 머리카락이 휘날렸다.

이성수는 열린 창문을 향한 채 대본을 다시 읽기 시작

했다.

나는 당신과 숨어 있던 둥지에서 움츠렸던 몸을 일으켜 칼을 빼고 혁명가를 부르며 독사에게 맞대결을 선포했고, 독사는 겁에 질려 땅속으로 기어들어갔소.

영수! 나는 독사에게 이겼소. 적어도 이기고 있다고 자부하고 있었소. 아! 그러나 그것은 성급한 자부였소. 독사는 땅 속에서 꿈틀거리다 다시 기어나왔소. '민주주의'를 외치면서 대중의 가슴속에 들어가 다시 자리를 잡고 배신감을 잉태시키고 있었소. 사랑했던 순박한 처녀가 실제로 창녀라는 사실을 '선거'라는 진흙탕 속에서 알아냈소. 한 남자가 느끼는 배신감을 당신은 도저히 이해 못할 것이오. 설득할 수도 없고 잡을 수도 없는 환영(幻影), 그렇다고 무시할 수도 없는 수(數)의 힘을 가진 대중은 결국 은혜를 모르는 건망증이 심한 창녀와 같았소.

빈곤이라는 음탕한 생활로부터 구원받은 창녀는 그들의 구원자를 무시하고, 이제는 몹쓸 뚜쟁이들의 부추김에 속아 자유라는 더 깊은 오르가슴에 달하고 싶다며, 허망한 '자유'를 부르짖는, 힘센 젊은 남자에게 음흉한 유혹의 눈길을 보내고 있었소.

이성수는 대본 읽기를 중단하고 갑자기 창밖을 향해 부동자세를 취했다. 잠깐 사이를 두었다가, 그는 노래를 부르기 시작했다.

태백산맥에 눈 내린다
총을 메어라 출진이다
높은 산을 넘고 넘어
눈에 묻혀 사라진 길을 열고
빨치산이 영을 내린다
원수를 찾아 영을 내린다

'이데올로기!'라고 끝맺음을 한 후 그는 다시 중얼거리기 시작했다. 나의 몸속에서 꿈틀거리는 배신감을, 나를 향한 증오감을 잠재워주는 이데올로기! 자본주의를, 자본주의가 잉태시킨 잔인함을 나의 머릿속에서 지워주는 이데올로기……

그는 창문 바깥쪽으로 등을 돌리고 창문턱에 걸터앉았다. 강한 바람이 그의 나신을 기우뚱거리게 했다. 그는 언제 창밖으로 몸뚱어리가 떨어질지도 모르는 상태에서 다시 대본을 펼쳐들고 읽기 시작했다.

나는 외로움에 시달리기 시작했소. 외로움은 지루함으로 이어졌고…… 배신당한 남자가 지루할 때 무엇을 원하는지 아시오? 전쟁이오. 나는 전쟁을 원했소. 대포 소리, 비행기 소리, 신음 소리, 피비린내…… 모든 것이 정지된 그 순간은 외롭고 지루한 남자의 가슴에 평온을 가져다주었소.

이성수는 대본을 손에 든 채 잠시 멍하니 서 있다가 다시 읽기 시작했다.

유신(維新)은 내가 선택한 전쟁이었소. 유신의 대군을 이끌고 전쟁터로 나가 빈곤이라는 적을 무찌르는, 인류 전사(戰史)에 영원히 기록될 전쟁 영웅이 되기로 결심했던 것이오. 하지만, 그것은 내 가슴속의 독사가 세상에 얼굴을 내민 악마, 내 곁에서 당신을 앗아간 악마였소. 그러나 나는 영웅이 되려는 노력을 중지하지 않았소. 그것은 악마와의 싸움에서 진다는 것을 의미했기 때문이오.
당신이 떠난 후 청와대는 감옥이 되었소. 그곳의 모든 사람, 심지어 개 방울이까지도 내가 홀로 외로움과 싸우는 것을 지켜보는 것 같소. 나는 그러한 외로움을 견딜 수가 없소. 음습한 청와대 한구석 침실 소파에 앉아 텔레비전을 보며 홀짝홀짝 마신 술 덕택에 그대로 잠들었다가 한밤중 눈을 뜨면, 뒤란의 축 늘어진 나뭇가지가 바람에 흔들리는 소리를 들어야 했소. 그것은 싸늘한 정적과 숨 막히는 공허감 사이를 뚫고 나에게 무자비하게 다가왔소. 그곳은 사람이 살 곳이 못 되오. 부패한 권력과 아첨, 허식과 위선만이 살 곳이오. 나는 싸울 힘을 잃었소. 아니 싸울 필요가 없었소. 나의 싸움을 보여줄 사람이 없어졌기 때문이오. 그곳은 나의 감옥, 당신의 추억을 가둔 싸늘한 감옥이오.

나는 시끄럽게 떠드는 모든 사람을 적으로 만들었소, 그러나 보이지 않는 그늘에서, 침묵을 지키고 있는 대중을 나의 친구로 받아주었소. 그들이 나에게 보내는 뜨거운, 하늘이 무너져 내리는 듯한 박수 소리를 나는 듣고 있었소. 잠이 찾아올 줄 모르는 깊은 밤이면 나는 그들의 박수 소리를 들으며 잠들려고 했고, 그들의 얼굴을 눈앞에 그리며 미소 짓곤 했소.

이성수는 읽기를 중단하고 밖을 향해 몸을 돌려 앉은 채 12층 아래에 있는 다닥다닥 붙은 빈민촌의 지붕 위로 시선을 보냈다. 자본주의의 주구들에게 억눌려 사는 착한 사람들의 우렁찬 박수 소리가 그의 귀에 들려오는 듯

했다.

나는 불쌍한 사람들의 챔피언, 챔피언답게 마지막을 장식해야지, 하고 입속에서 중얼거리며, 그는 아래를 내려다보았다. 그는 열린 창문 쪽으로 향한 채 다시 대본을 읽기 시작했다.

사대주의 사상에 젖은 너희들이 부르짖는 미국식의 민주주의가 무엇인지 아느냐? 빈곤이요, 방종이요, 자포자기요, 마약이다. 백의민족의 딸들이 타국의 뭇 사내들의 노리개가 되어 현지처라는 말이 유행되던 시절을 너희도 기억하고 있지 않느냐? 그 결과로 우리의 한반도는 무엇이 되었느냐? 매음의 하수구가 되지 않았더냐? 하수구에서 흘러나온 악취가 '민주주의'라는 탈을 쓰고 민족의 몸속에 파고들어 조그마한 자존심과 수치심마저 마비시켜 민족의 아들들을 뚜쟁이로, 민족의 딸들을 창녀로 전락시켰던 때를 너희도 알고 있다.
21세기의 아시아 강국! 그곳은 바로 우리 민족이 어떤 희생을 각오하고서라도 점령해야 할 고지다. 미친놈들의 미친 소리에 현혹되는 순진한 국민들. 그들을 너희 미친놈들로부터 보호하기 위해 나는 주위에 미친개들을 키워왔다. 미친놈들은 미친개한테만 겁을 내는 법, 다른

약이 없었다. 아! 그러나 그 미친개한테 내가 물릴 줄이
야…… 그 누군들 상상이나 할 수 있었겠느냐!

이성수는 읽기를 끝마치고 대본의 앞부분 몇 장을 찢
었다. 그리고 열린 창문 밖으로 찢어진 종이를 던졌다.
펼쳐져 바람에 이리저리 나풀거리며 떨어지는 종이를 보
며 그는 자신의 몸뚱어리도 그것처럼 바람에 날려갈까
하는 의문이 생겼다. 그는 머리를 창문 밖으로 내밀며
상체를 밖으로 비스듬하게 기울였다. 머리부터 뛰어내릴
까 발부터 뛰어내릴까 결정을 못해 잠시 머뭇거렸다.

그때 무슨 소리가 문 쪽에서 들려왔다. 처음에는 여자
의 목소리, 다음에는 남자의 목소리.

이성수는 문 쪽으로 고개를 돌려 시선을 주었다. '성수
씨' '성수야' 하고 부르는 소리가 연거푸 크게 들려왔다.

이성수는 잠시 멍하니 있다가 깜짝 놀라 본능적으로
자신의 남근을 두 손으로 가렸다. 그제서야 실오라기 하
나 걸치지 않은 자신의 나신에 시선이 갔다. 그는 얼른
창문턱에서 내려왔다. 그리고 서둘러 팬티를 걸쳤다.

이성수가 문을 연 순간 이혜정과 진성구가 방 안으로
성큼 들어왔다.

"무슨 일이야?"

진성구가 손과 머리에 피가 묻은 이성수를 보며 물었다. 이성수의 충혈된 두 눈에 눈물이 고이기 시작하더니 그가 대답 대신 진성구를 와락 껴안았다. 이성수는 진성구의 품속에서 어린아이처럼 울음을 터뜨렸다.

진성구가 어리둥절해 있는 사이 이혜정은 이성수에게 측은한 시선을 보내다가 온통 난장판인 방 안으로 시선을 옮겼다. 텔레비전은 화면이 박살 나 있고, 깨진 창문의 유리조각들은 여기저기 널브러져 있으며, 나동그라져 있는 의자, 섬뜩하게 떨어져 있는 핏자국……. 착잡한 심정으로 방 안을 더듬다가 책상 위에 있는 타자기에 그녀의 시선이 잠시 머물렀다. 그녀는 책상 쪽으로 갔다.

"성수 씨가 〈박정희의 죽음〉을 쓴 원작자군요?"

이혜정이 타자 용지에서 시선을 떼지 않은 채 나직이 말했다.

"성수야, 대본을 네가 썼니?"

진성구가 자기의 품안에 안겨 울고 있는 이성수에게 물었다. 이성수가 아무 말도 하지 않자 진성구가 말을 이었다.

"성수야, 너에겐 너를 진정으로 사랑하는 여자가 있어. 누군지 알아? 바로 미숙이야."

"성수 씨가 쓴 대본이 미숙이에게 새로운 인생을 살게

했어요."

이혜정이 책상에서 떨어져 이성수에게 다가오며 말했다.

"그래, 맞아. 미숙이가 새로 태어난 것 같아, 바로 너의 대본 덕분에……."

진성구가 이혜정의 말을 받아 확인해주었다.

"그렇지 않아. 나는…… 나는 말이야, 여자의 손목을 난도질한 놈이야. 그리고 나는 배신자야…… 나는 밀고자야."

이성수는 진성구의 품에서 빠져나오며 말을 끝냈다. 다음 순간 이성수는 창문 쪽으로 뛰어갔다. 그는 바닥에 떨어져 있던 깨어진 유리조각을 집어들었다. 이성수는 돌아서서 진성구를 마주 보았다.

"이렇게 말이야."

그렇게 말하면서 이성수는 유리조각을 자신의 왼쪽 손목에 갖다 댔다. 순간 진성구가 유리조각을 잡은 이성수의 오른손을 낚아채며 몸을 돌려 그를 자신의 등 뒤로 업는 듯 밀어붙였다. 창문을 통해 들어온 희미한 오후의 햇살이 유리조각에 반사되어 강한 빛을 번쩍 발했다.

진성구와 이성수, 두 남자는 그들 눈앞에 있는, 진성구에게 손목이 잡힌 이성수의 오른손에 들린 뾰족한 유리조각만을 응시하고 있었다. 영원과도 같은 순간순간이 흘러가고 있었다. 어느 순간 비명과 함께 진성구의 왼쪽 손등에 유리조각이 그어졌다.

　'아' 하는 진성구의 비명과 함께 그의 왼쪽 팔꿈치가 뒤쪽에 있는 이성수의 배에 충격을 가했다. 이성수가 유리조각을 떨어뜨리며 배를 움켜쥐고 뒤로 나자빠졌다. 동시에 이혜정이 피가 흐르는 손등을 잡고 있는 진성구에게 달려왔다.

　"어떡해요. 빨리 병원에 가야 해요."

　이혜정이 울먹이며 말했다.

　"괜찮아. 피가 조금 흐를 뿐이야. 나보단 성수가 급해. 빨리 옷을 입혀 병원으로 데려가야 돼."

　진성구가 말하며 턱으로 이성수를 가리켰다.

　진성구가 한 손으로 넥타이를 풀어 피가 나는 손등을 싸매는 동안 이혜정이 배를 움켜쥐고 있는 이성수에게 다가가 그를 일으켜 세웠다. 손을 싸맨 진성구가 이성수에게 다가와 말했다.

"성수야, 너는 지금 죽어서는 안 돼……. 너를 사랑하는 여자와 너를 필요로 하는 아들이 있어."

이성수가 정신이 나간 멍한 얼굴로 진성구를 보고만 있었다.

진성구가 이성수에게 옷을 입히며 다시 말했다.

"성수야, 죽는 건 쉬운 거야. 사는 게 어려운 거지…… 우린 언제라도 마음만 먹으면 죽을 수 있어. 하지만 죽기 전까지는 열심히 살아보는 거야."

그렇게 말하는 진성구의 손을 이혜정이 꼭 잡아주었다.

"어떻게 하지요?"

이혜정이 이성수의 옷을 입히면서 진성구에게 물었다.

"이젠 성수를 혼자 둘 수 없어. 병원에 데려가야 해. 여기 성수와 잠깐 있어봐. 이곳 어느 병원이 좋은지 알아보고 올라올게."

진성구는 이혜정의 대답을 기다리지도 않고 오피스텔 문을 열고 복도로 나갔다.

20분쯤 후 대구 동산병원의 정신과 대기실 소파에 그들 세 사람은 이성수를 사이에 두고 나란히 앉아 있었다. 초조한 빛을 띠고 있는 진성구가 자리에서 일어나 접수대로 다가갔다.

"아직도 김 박사님이 회진 중이신가요?"

진성구가 초조해하며 간호사에게 물었다.

"네, 곧 오신다고 연락이 왔어요. 잠깐만 기다리세요."

진성구는 다시 소파에 앉아 '아침은 빛나라 이 강산……' 하고 고개를 숙인 채 웅얼대고 있는 이성수에게 측은한 시선을 보냈다.

"성수가 지금 무슨 노래를 하고 있는 거야?"

진성구가 물었다.

"북한 국가인가봐요."

이혜정이 나직이 말했다.

"어떻게 알아?"

"성수 씨가 가끔 술에 취하면 북한사회 어쩌고 하면서 그 노래 부르길 좋아했어요."

침묵이 흘렀다.

"김 박사는 아시는 분이에요?"

이혜정이 물었다.

"서울에 있는 의사 친구한테 소개받았어. 이 방면의 권위자래."

그때 흰 가운을 입은 50대 초반의 의사가 정신과로 들어섰다. 간호사가 그에게 메모를 건네주며 그들 세 사람이 앉아 있는 곳으로 시선을 주었다. 진성구가 얼른 자리에서 일어나 접수대 쪽으로 갔다.

"김 박사님이시죠? 진성구라고 합니다."

"아 네, 아까 장 박사로부터 전화를 받았어요. 환자와 같이 오셨습니까?"

네, 하며 진성구가 이성수 쪽으로 고개를 돌렸다. '삼천리 아름다운 내 조국 반만 년 오랜 역사에······' 고개를 숙인 채 노래를 부르고 있는 이성수에게 김 박사의 시선이 잠시 동안 머물렀다.

"들어가시지요."

김 박사가 말했다.

"환자하고 같이 들어갈까요?"

진성구가 물었다.

"아니, 먼저 혼자 들어오시지요."

진성구는 이혜정에게 기다리고 있으라는 손짓을 한 후 김 박사를 따라 진료실로 들어섰다. 책상을 사이에 두고 마주 앉았을 때 김 박사가 간호사가 작성한 환자의 증상 기록을 읽어본 후 고개를 들었다.

"저는 환자와 중학교 시절부터 친한 친구이자, 또 한때는 처남 매부지간이었습니다."

진성구가 입을 열었고, 김 박사는 진성구의 설명을 듣고만 있었다.

"학창 시절에는 천재 소리를 들을 만큼 우수한 사람이었지요. 미국에서 경제학 분야의 박사학위를 땄고, 지금은 한 연구소에서 연구원으로 일하고 있습니다. 그런데 지난 6개월 동안 연구소에 잘 나가지 않더니 지난 한 달 동안은 이곳에 혼자 와 있다는 얘기를 듣고 불안해서 오늘 오후 찾아갔었습니다."

"불안해할 요인이라도 있었나요?"

"워낙 술을 좋아해 그동안 정서적으로 심각한 불안 증세를 보였거든요."

"오늘 오후에 무슨 일이 있었습니까?"

"그가 머물고 있는 오피스텔에 갔을 때 벌거벗은 채로 손에 상처를 입어 몸에 피가 묻어 있었고, 제가 들어가자 바닥에 깨어져 있던 유리조각을 집어 자신의 손목을 그으려고 했습니다."

김 박사가 잠시 생각에 잠긴 듯했다.

"환자가 사상적으로 문제가 있었습니까?"

"학창 시절에 학생회 일을 보면서 반정부 데모도 하기는 했지요. 그러나 그건 뭐 머리 좋은 친구들이 흔히들 하는 일이었고…… 근래에는 사상 서적을 탐독한다는 얘기를 들었지만……."

"환자가 부르는 노래가 무슨 노랜지 아시나요?"

김 박사가 진성구에게 물었다.

"방금 전 들었습니다. 북한의 국가라면서요?"

"그렇습니다. 뭐 이건 기우일 수도 있습니다만, 공산주의를 신봉했던 사람이 공산주의의 몰락을 보고 심한 정신적 충격을 받을 수 있습니다. ……사랑하던 애인한테 배신을 당할 때 받는 충격 비슷한 거라고 할 수 있겠지요."

잠시 사이를 두었다가 김 박사가 다시 말을 이었다.

"여하튼 환자가 언제 또 자살을 기도할지 모르니 무슨 대책을 세워야 할 것 같습니다."

김 박사는 잠시 생각에 잠겼다.

"오늘 오후 환자가 유리조각으로 손목을 그으려고 했을 때 무슨 말을 했습니까?"

"……."

"자세히 생각해보세요. 별 뜻 없는 사소한 말이라도 매우 중요한 단서가 될 수 있습니다."

"……나는 여자의 손목을 난도질한 놈이야, 라고 했던 것 같습니다."

진성구는 이성수가 한 말, '나는 배신자야…… 나는 밀고자야'라는 말은 별 의미가 없는 것 같아 구태여 언급하지 않았다.

138

"어떤 여자인지 추측이 되십니까?"

진성구는 김 박사의 강렬한 시선을 느끼면서 고개를 숙였다.

"환자와 3년 전 이혼한 제 누이동생이 1년 전…… 자살을 기도했습니다. 면도칼로…… 손목을 그어서요."

진성구가 고개를 숙인 채 띄엄띄엄 말을 이어갔다.

"환자가 지난 1개월 동안 무엇을 했나요?"

잠시 사이를 두었다가 김 박사가 물었다.

"글을 쓴 것 같습니다. 6개월 전 자신이 쓴 희곡을 다시 고치고 있었습니다. 6개월 전에 끝마친 희곡을 제 여동생에게 원작자를 밝히지 않고 보낸 적이 있습니다."

"대본을 지금 가지고 있습니까?"

"곧 가지고 올 수 있습니다."

"그렇게 해주십시오."

김 박사는 다시 무슨 생각엔지 깊이 빠져 있는 모습이었다.

"필요하다면 그 여동생 되시는 분이 환자를 만나줄 수 있을까요?"

"지금 미국에 있는데 연락하면 올 수 있습니다."

김 박사가 환자 파일에 메모를 하기 시작했다. 김 박사가 메모를 끝내고 파일을 덮었을 때 진성구가 물었다.

"자살 기도의 원인이 무엇이라 생각하십니까?"

"글쎄요…… 정신분석 테스트도 해보아야 하고, 환자를 직접 인터뷰해봐야 좀더 정확한 원인을 규명할 수 있겠지요. 지금까지 들은 바로는 여러 가지 원인이 복합적으로 작용한 것 같습니다. 헤어진 아내의 자살 기도에서 연유한 죄의식, 신봉하던 이데올로기의 무용함에서 오는 절망감, 글쓰기에서 오는 스트레스의 축적 등……."

어떻게 하든 이성수가 다시 자살을 기도하지 않도록 해야겠다고 진성구는 다짐했다.

"그럼 두 분은 밖에서 기다리시고 환자만 들여보내주십시오. 상담이 끝난 후 입원 여부를 말씀드리겠습니다."

김 박사가 다시 말했다.

진성구는 자리에서 일어나 밖으로 나왔다. 방금 전 오피스텔에서 보인 격정이 믿어지지 않을 정도로 평안한 표정으로 바뀐 이성수는 이혜정에게 기대어 졸고 있었다. 어머니에게 기대어 졸고 있는 순진한 어린아이처럼 보이는 그가 문득 부러워졌다.

"성수 혼자 들여보내야 돼."

진성구는 이성수를 깨우고 일으켜 세워 진료실 문을 열고 들어가, 방금 전 자신이 앉았던 자리에 앉혀주고는 나왔다.

"의사선생님이 뭐래요?"

이혜정이 근심 어린 표정으로 진성구에게 물었다.

"성수를 인터뷰한 후 입원 여부를 결정하겠대."

"성수 씨 혼자 남겨둘 수 없어요."

"나도 알고 있어. 너무 걱정 마…… 아 참, 그리고 여기 잠깐 있어. 김 박사가 대본을 보고 싶다고 하니까 오피스텔에 갔다 와야겠어."

"네, 다녀오세요."

병원 문을 막 나서는 차 속에서 진성구는 가슴이 텅 빈 기분이 되었다. 처참하게 허물어져버린 한 남자의 모습에서 그는 인생의 허무함을 절실히 느꼈다. 모든 게 쓸데없는 짓처럼 보였다. 산다는 것, 노력한다는 것, 사랑한다는 것과 미워한다는 것…… 어쩌면 그의 뇌리에 박혀 있는 이성수의 허물어진 모습이 언젠가 자신도 도착할 종착역일지도 모른다는 생각이 들었다.

결국 이루어질 수 없는 이상을 추구하다가 그것이 현실적으로 실현 불가능하다는 사실을 깨달았을 때, 희망을 포기한 채로 서서히 찾아오는 죽음을 멍하니 기다리거나 혹은 이성수처럼 미쳐버려 세상을 비웃게 되는 것은 아닐까…….

그는 룸미러에 자신의 얼굴을 비춰보았다. 마흔도 안 된 나이에 자신은 이미 늙은이가 되어 있는 것 같았다. 젊음의 발랄함을 잃어버린 두 눈과 처지기 시작하는 눈자위, 푸석푸석한 얼굴, 이마에 자리 잡기 시작한 주름살…… 스스로 돌이켜봐도 늙은이가 되어버린 자신의 모습이 전혀 이상할 것이 없었다.

6년 전 대하실업의 사장직을 맡고부터 현재까지 자신은 보통 사람이 일생 동안 경험할 분량의 노쇠 요인을 경험했다는 생각이 들었다. 다른 사람의 눈치 보는 것, 마음속에 없는 말 하는 것, 걱정하는 것, 미워하는 것, 화가 나는데 속으로 삭여야 하는 것, 의심하는 것, 욕심내는 것, 그리고 싫은 사람과 같이 있어야 하는 것……이 모든 것이 자신을 늙게 했다고 그는 결론지었다.

과거 6년 동안 나 자신만의 삶을 산 적이 있었던가? 그는 대로 옆 골목길로 꺾어들면서 자신에게 질문을 던졌다. 그러고 보니 그는 자신의 삶을 살았다기보다는 회사라는 거대한 조직의 일부분으로서 조직의 삶을 살며, 조직이 시키는 대로 움직여왔음에 틀림없었다. 마치 거대한 터빈의 톱니바퀴처럼.

그래서 자신은 조직의 성장, 교제 범위의 확대, 영향력의 증대 등을 자신의 삶보다 중요시하게 되었고, 그러한 것들을 점점 더 존경하게 될수록 반대로 자신을 향한 존경심은 점점 더 줄어들게 되지 않았을까? 그래서 어느 시점에 가서는 자신의 일은 주위에서 일어나는 일들에 비해 아무것도 아닌 것처럼 보이게 되어, 사업을 위한 일이라면 무슨 말이든 지껄일 수 있고, 어떤 행동이든 정당화할 수 있게 된 것이 아닐까?

그는 오피스텔 건물을 올려다보며 이성수가 있었던 곳을 눈으로 찾았다. 창문이 활짝 열려 있는, 건물의 12층 한곳에 그의 시선이 머물렀다. 열린 창문에서 훨훨 떨어지는 이성수의 몸뚱어리가 그의 머릿속에 그려졌다. 간발의 차이로 목숨을 구한 이성수는 행운을 잡은 것인가, 아니면 불행에 다시 목덜미를 잡힌 것인가? 진성구는 어느 쪽으로도 자신이 서지 않았다.

진성구는 이성수의 오피스텔 안으로 들어서면서 움찔

했다. 유리조각이 흐트러져 있는 오피스텔 내부를 훑어보는 그의 눈앞에 방금 전 일어났던 일이 그대로 재현되고 있었다. 그는 열린 창문 쪽으로 다가갔다. 그의 시선이 붉게 물들기 시작한 도시의 뒤쪽 하늘에 잠시 머물렀다. 황혼은 아름다웠다.

그래도 옛정을 생각해 오늘도 어김없이 찾아온 황혼은, 그러나 변해버린 도시의 매연이 싫어서인지 아니면 도시의 잔인함이 무서워서인지 도시의 뒤쪽에서 머뭇거리며 아름다움의 빛을 잃어가고 있었다. 기다림에 지쳐 아름다움을 모두 잃어버린다 해도 황혼은 결코 이런 도시에 미련을 갖고 있을 것 같지 않았다. 아니, 문명이라 불리는 노련한 창녀에게 홀린 도시가 황혼의 순수한 아름다움을 받아들일 것 같지 않았다.

그는 창가에 떨어져 있는, 앞부분이 몇 장 찢겨진 대본을 집어들었다. 〈박정희의 죽음〉이 어떤 끝맺음을 할까? 그것의 끝맺음이 이성수의 자살 기도와 어떤 연관이 있을까? 그는 〈박정희의 죽음〉의 마지막 부분을 읽기 시작했다.

김 장군! 과묵(寡默)을 방패로 삼고 살아온 내가 너무 혓
바닥을 많이 놀린 것 같구나. 혓바닥은 항상 화를 자초

하게 마련, 이젠 나를 영수에게로 보내다오. 그래도 시간이 있다면 세월을 거꾸로 돌려 '모래실'에서 보낸 내 어린 시절로 보내다오. 마지막으로 내 어린 시절을 보낸 고향을 보고 싶구나.

'모래실'의 봄은 항상 마을 뒤쪽 재실(齋室) 옆 묘지 잔디밭에서부터 시작되었다. 따스한 햇볕에 얼었던 땅이 녹으며 폭신해진 잔디밭 위에서 동네 아이들 틈에 끼어 활을 쏘며 병정놀이를 하고 있는 어린 소년의 모습이 눈에 선하다. 어둠이 다가와 비지땀을 흘릴 때쯤이면 허기진 배를 움켜쥐고 집으로 돌아온 소년에게 어머니가 차려주는 나물죽 한 사발은 언제나 꿀맛이었다.

'모래실'의 여름은 모래실의 소년들에게 활력을 불어넣어주었다. 느티나무 밑에 멍석을 깔아놓고 장기를 두고 있는 노인들의 모습을 멀리서 지켜보며 냇가에서 미역을 감느라 텀벙대는 벌거숭이 소년들에게 여름은 어른들의 엄한 시야로부터의 해방을 의미했다.

'모래실'의 가을은 모래실의 소년들에게 때때옷과 먹을 것을 가져다주었다. 벼이삭으로 뒤덮인 들판 사이를 하나, 둘, 하고 일렬로 걸어다니다가 해질 무렵 집으로 돌아와 어머니의 미소를 대하면 소년은 투정을 부리고 싶어졌다.

'모래실'의 겨울은 얼어붙은 논 위로 쌩하고 썰매를 지치고 싶을 때면 영락없이 찾아와주었다. 그것은 모래실의 소년에게 쇠고깃국과 흰 쌀밥을 의미했다. 어느 설날, 쇠고깃국과 흰 쌀밥으로 포식한 후 때때옷을 입고 골목에서 제기를 차고 있는 소년이 보인다.

대본을 읽어보다가 진성구는 잠시 생각에 잠겼다. 이성수는 외로움에 지쳐 살아갈 의욕을 잃었음에 틀림없었다. 외로움이 그토록 무서운 것인가? 나도 바쁜 생활 속에서 외로움에 지쳐 있지나 않은 건지. 자살을 기도할 정도는 아니더라도 삶의 의미를 잃을 정도로는.

어떤 일을 해야 외로움을 극복할 수 있을까? 전과 같은 생활로 돌아가기는 죽기보다 싫었다. 다른 일이 없을까? 그 순간 그는 〈소년과 어머니〉의 영화 제작을 머리에 떠올렸다. 그렇지, 영화 제작에 몰두하는 것이다.

오피스텔을 나오면서 한 가지 질문이 그를 사로잡았다. 왜 이성수가 〈박정희의 죽음〉을 썼을까 하는 것이었다. 이성수가 자신을 박정희와 동일시하고 있었음이 틀림없다는 생각이 들었다. 이성수가 한 말, '나는 배신자야, 나는 밀고자야'라는 말과 그의 집필 의도가 어떤 관계가 있지나 않을까? 그가 박정희의 야망이 아내를 죽였다고 생각했다면, 미숙의 자살 기도를 자기 탓으로 돌려 부부간의 신의에 대한 배신으로 여겼을지도 몰랐다.

차에 올라타자마자 진성구는 병원을 나오기 전 알아두 었던 병원 전화번호를 생각해내곤 카폰의 버튼을 눌렀 다. 여보세요, 하는 소리에, 정신과 대기실에 있는 사람 중 이혜정 씨를 좀 바꿔달라고 부탁했다. 잠시 후 이혜 정의 목소리가 들려왔다.

"나야. 지금 오피스텔을 떠날 참이야. 성수는 나왔어?"

"조금 전 나왔어요."

"의사하고 얘기해봤어?"

"곧 입원시켜야 한대요. 아주 위험한 상태라고요. 언 제 또 자살을 기도할지 모른다고 해요."

"내가 가서 입원 수속을 밟지."

전화를 끊고 그는 시동을 걸었다.

5. 위험한 노욕 : 진규식

- 세무사찰에서 빠져나오기 위한 발버둥.
- 세계화의 국제질서 속에 경제발전을 하려면 생산성이 높아져야 하고, 생산성이 높아지려면 자본재에 투자해야 한다. 이런 능력을 가진 주체는 대기업과 국가 밖에 없다. 그래서 국가는 인프라에 투자하고, 기업은 생산재에 투자해야 하는 것이다. 이 두 가지를 소홀히 하면, 어떤 수단으로도 경제를 발전시킬 수 없다.
- 돈이 많은 사람들의 특징은 그들의 행동이 매우 반복적이라는 것이다. 그래서 그들의 생활 패턴은 지루하기 이를 데 없다. 그런 의미에서 그들의 삶은 결코 부러워할 성질의 것이 아니다.

국세청 직원이 회사에 들이닥쳐 장부를 실어간 다음날 아침 8시 30분경, 칠순을 1년 앞둔 대하실업의 진규식 회장은 소파에 몸을 깊숙이 파묻은 채 생각에 잠겨 있었다. 해방 다음해인 1946년, 26세의 청년으로 사업을 시작한 지 어언 43년의 세월이 흘렀으니 세월은 유수와 같다는 옛사람의 말이 실감났다. 그래도 그사이 산하에 열두 개의 방계회사를 거느리고, 4만 5천 명의 직원을 고용하고 있는 대하실업을 자신의 힘으로 이루었다는 생각이 들자 마음이 뿌듯했다

세상을 하직한 첫 아내의 모습이 진 회장의 눈앞에 아

른거렸다. 성구와 미숙 두 남매를 남겨놓고 일찍 세상을 떠난 첫 아내. 고생만 하다 일찍 세상을 뜬 아내에게 생전에 여자 문제로 속까지 썩인 일을 생각하니 진 회장은 가슴이 아팠다.

내가 조강지처를 버릴 남자가 아닌 줄 알면서 왜 그리 속을 태웠나. 그냥 그대로 넘어갔으면 세월이 다 해결해 줄 문제를 가지고……. 진 회장은 속으로 먼저 간 아내를 탓했다.

진 회장은 고개를 돌려 소파 옆 탁자 위에 놓인, 5년 전 외동딸 미숙의 결혼식 때 미국에서 찍은 가족사진에 시선을 주었다. 성격이 까다로운 자신을 뒷바라지해주며 가족의 화목을 이끌어준 두 번째 아내, 맏아들 성구 가족, 외동딸 미숙 부부, 그리고 두 번째 아내의 소생인 성호……. 사진 속 한가운데서 미소 짓고 있는 마음씨 곱고 예쁜 미숙이 지금은 서른세 살의 이혼녀로 나이 어린 아들을 데리고 혼자 산다는 생각이 떠오르자 진 회장은 가슴이 답답해왔다.

이성수 교수란 놈이 딱히 탓할 곳이 있는 것도 아닌데 부족한 게 있더라도 그냥 그대로 참고 살 것이지 이혼을 하다니! 이성수의 선친을 생각해서라도 미숙과의 결혼 생활이 잘 풀렸으면 내 마음도 좀 편할 터인데. 진 회장

은 구천에서 자신을 원망하고 있을지 모를 이성수의 선
친을 머리에 떠올리며, 외동딸 미숙을 속으로 꾸짖었다.
미숙이만 제대로 풀렸으면 집안에 별로 흠이 없을 것 같
았다.

맏아들 성구는 마흔 살이 안 된 나이에 벌써 6년째 사
장으로 회사를 그럭저럭 잘 이끌어가고 있고, 차남 성호
는 미국에서는 건달짓을 하여 속을 썩이더니 1년 반 전
결혼하고 회사 기획 업무를 맡은 후부터는 마음잡고 회
사일에 전심전력을 다하니 생각만 해도 대견스러웠다.

그러나 형제 우의가 남들처럼 돈독하지 못하다는 데
생각이 미치자 진 회장은 상을 찡그렸다. 이복형제이긴
하지만 그럴수록 서로가 노력해야 하는데…… 사내자식
은 어미 성질을 닮는다더니, 어쩌면 그렇게 두 놈의 성
질이 다를까? 성구 놈은 차분하고 정이 있는 반면 매사
에 좀 소극적인 데 비해, 성호놈은 모든 일에 적극적인
것은 좋으나 좀 차고 성미가 급한 게 탈이고……. 진 회
장은 속으로 중얼거리며 인터폰 버튼을 눌렀다.

"미스 박, 청와대 비서실에서 전화 오면 바로 바꿔줘.
그리고 진 사장하고 박 상무 출근하는 즉시 내 방으로
오라고 하고."

"박 상무님은 지금 올라오셨는데요."

"들어오라고 해."

곧이어 문이 열리고 박인태 경리 담당 상무가 회장실 안으로 들어섰다.

"지금 어떤 상태요?"

두 손을 가지런히 모으고 서 있는 박 상무에게 옆 소 파에 앉으라는 손짓을 보내며 진 회장이 물었다.

"특별히 문제삼을 만한 것은 없었습니다. 접대비 한도 초과 사용과 주주 일시 대여금이 고액인 것을 지적했으 나 별로 큰 문제가 될 것 같지 않습니다."

"그런데 무슨 이유로 세무사찰을 한다는 거요?"

"서울지방국세청에서는 세무사찰이라기보다 정밀 세 무실사라고 합니다."

"세무사찰이 아니면 어떻게 20여 명을 동원해 트럭을 가지고 와 장부를 몽땅 압수해간단 말이오?"

진 회장이 벌컥 화를 내었다.

"국세청 조사국장은 만나보았소?"

잠시 사이를 두었다가 진 회장이 박 상무에게 물었다.

"네, 어제 만났습니다."

"국세청 청사에서?"

"밖에서 만날 수 없다고 해서 할 수 없이 청사로 찾아 갔습니다."

"그래, 조사국장이 뭐라고 해요?"

"매우 사무적인 태도라 별로 자세한 얘기는 없었습니다. 실사의 윤곽이 드러나지 않아 아직 무어라고 말할 수 없다고 했습니다."

"조사국장이 박 상무와 가까운 사이 아니오?"

진 회장이 언성을 높였다.

"……."

"청와대 측의 지시라든지 투서가 들어와서 손대는 거라고 하지 않아요?"

"국장 본인도 거기에 대해서는 모른다고 합니다."

"언제까지 한다는 거요?"

"앞으로 최소한 일주일은 있어봐야 알겠다고 합니다. 내주부터는 국세청 본부 국제조세과 직원이 일부 조사에 투입된다고 합니다."

"나가서 일보시오."

박 상무가 나간 후 진 회장은 '끙' 하고 신음을 토해냈다. 혈압이 올라갔는지 골이 띵하고 어질어질하여 앞이 잘 보이지 않았다. 그냥 두었다가 상황이 악화되면 회사가 추락하고, 집안의 명예가 실추되는 것은 말할 것도 없고 어쩌면 자신이 영어의 몸이 될지도 모르는 일이었다. 무슨 수를 내서라도 빨리 손을 써야지, 이러고 있을 때가 아닌데, 하고 진 회장이 조바심을 내고 있는데 '삐―' 하고 인터폰이 울린 후 비서의 목소리가 들려왔다.

"사장님 오셨는데요."

"들어오라고 해."

맏아들 진성구가 들어왔다.

"오늘 새벽 어떻게 됐어?"

진 회장은 진성구가 자리에 앉기도 전에 물었다.

"지금 국세청장의 집에 들렀다 오는 길이에요."

"만나봤어?"

진 회장이 반가운 표정을 지었다.

"부인만 만나봤어요. 청장은 집에 있을 텐데도 따돌리려는 의도에서인지 가족도 모르는 곳에 당분간 기거한다고 하던데요."

"집 안에 들어가서 부인을 만났어?"

진 회장이 얼굴을 찡그렸다.

"부인이 복도로 나와 잠깐 얘기를 나눴어요."

"뭐래?"

"기자들 눈이 있으니 앞으로는 집으로 찾아오지 말래요. 청장님이 기자들한테 오해를 사신다고…….

진 회장은 고개를 젖히고 눈을 감았다. 혹시 권력자 주위에서 누군가 회사를 망하게 하려고 드는 게 아닌가?

내가 무슨 밉보일 짓이라도 했나? 누군가 투서를 한 게 아닌가? 질문이 꼬리에 꼬리를 물고 이어지면서 진 회장의 머리를 어지럽혔다.

"나가서 일봐. 새로운 사항이 있으면 나한테 바로 연락하고……."

진 회장이 눈을 감은 채 말했다. 진성구가 문을 나서려다 말고 뒤돌아섰다.

"세무실사 문제로 바빠서 미처 말씀드리지 못했는데요…… 어제 이성수 교수를 대구에서 만났어요. 그런데 상태가 좋지 않아서 바로 병원에 데리고 갔어요."

"무슨 병이야?"

"의사가 자살 가능성이 농후하니 당장 입원시키는 게 좋겠다고 해서 곧바로 입원시켰어요."

"이 교수가 미숙이 때문에 충격을 받아서 그럴 거야. 교수 자리를 부탁해놓았으니 자리를 잡으면 괜찮을 거야. 잘 돌봐줘. 그래도 이 교수, 나쁜 사람은 아니니까."

이성수가 하나밖에 없는 외손자의 아버지이기 때문만이 아니라, 그의 선친을 보아서라도 어떻게든 도와주어야겠다고 진 회장은 다짐했다.

진성구가 나간 후 진 회장은 눈을 감은 채 사념에 잠겼다. 나이 70이 다 되어서도 이렇게 마음을 졸이며 살아야 하다니! 이 나이에 이렇게 고통을 받다니! 혼자 남은 진 회장은 '후' 하고 한숨을 내쉬었다.

진 회장은 문득 한가한 노후를 즐기며 사는 친구들을 떠올렸다. 그들이 몹시 부러워졌다. 과거에 한껏 멸시했던 친구들이 이제 와서 부러워지는 것이니 역시 나이는 속일 수 없다는 생각이 들었다.

그래도 젊었을 때는 회사를 키우는 재미에 세월 가는 줄도 몰랐고, 중년에 들어서는 회사에 어려운 일이 있어도 물불 가리지 않고 문제 해결에 덤벼들었으며, 오십이 넘어서는 성장하는 두 아들에게 튼튼한 사업체를 남겨주게 되었다는 생각에 가슴이 벅찼었는데……. 순간 성구·성호 두 아들 서로 간의 우애 없음에 진 회장의 생각이 미쳤다. 머리 왼쪽에서 삐걱하면서 혈관이 꼬이는 느낌이 왔다. 잠시 눈을 감고 있자 그런 느낌은 사라졌다. 이번 세무사찰이 끝나면 정밀검사를 받아보기로 마음먹었다.

그러고 보니 이번 일이 끝나면 해야 할 일이 한두 가

지가 아닌 것 같았다. 정밀검사도 해야겠지만 그것보단 성구·성호 두 놈이 자신이 죽은 뒤에라도 형제애를 지킬 수 있게 하는 일이 급선무인 것처럼 보였다.

회사를 남겨주면 뭘 하나? 재산 다툼 때문에 누구 자식들처럼 서로 원수가 되어 물고 물어뜯으며 싸운다면 머지않아 패가망신하여 거지 신세를 면치 못할지도 모르는데……. 그리고 어떻게든 미숙이와 이 교수를 재결합시켜야 할 텐데……. 하 참, 어쩌다가 미숙이가 이런 신세가 되었나. 마음씨 착하고, 예쁘고, 재주가 넘쳐 주위로부터 아까워서 어떻게 시집보내겠느냐는 말만 들어왔는데. 이성수란 놈은 정신병원에 입원까지 하는 신세가 되었으니……. 생각이 여기에 미치자 진 회장은 인터폰 버튼을 급히 눌렀다.

"네, 회장님."

"미국에 있는 미숙이한테 전화해줘. 집에 연락하면 호텔 전화번호를 알 수 있을 거야."

잠시 후 '회장님, 미국 전화 나왔습니다' 하고 비서가 알려주었다.

"미숙이냐? 잘 지내지?"

"네, 잘 있어요."

딸의 명랑한 목소리가 들리자 진 회장은 안심이 되었다.

"자는데 깨운 거 아니야?"

"아니에요. 여기는 지금 오후 6시예요. 저녁 공연을 위해 막 떠나려던 참이에요."

"외국 음식이 입에 맞지 않을 텐데 너무 무리하지 마라……. 그리고 어제 저녁에 진호가 집에 와서 잤단다. 며칠간 할머니와 지낼 거야. 진호가 아주 의젓해졌어."

진 회장은 하나밖에 없는 외손자의 귀여운 모습을 머리에 떠올리고 있었다.

"진호가 원래 그래요. 가끔 엄마를 자기 동생 다루듯…… 할 때도 있어요."

울먹이는 듯한 딸의 목소리가 전화선을 타고 진 회장의 귀에 들려왔다. 잠시 침묵이 흘렀다. 딸이 울고 있다는 것을 진 회장은 느낄 수 있었다. 공연히 외손자 얘기를 꺼낸 것이 몹시 후회스러웠다. 어릴 때부터 워낙 마음씨가 고와 그렇게 눈물을 잘 흘리더니 다 커서 이제는 어미가 되어서도……. 진 회장은 자신의 젖은 눈시울을 손등으로 훔쳤다.

"미숙아, 괜찮아?"

잠시 침묵만 흘렀다.

"괜찮아요, 아버지."

아버지 마음을 편하게 하려고 애써 쾌활한 음성으로

말하는 딸이 애처로웠다.

"진호 애비를 어제 성구가 만나봤단다."

"……."

"그런데 건강이 좋지 않아 입원을 시켰다는구나. 내가 내일쯤 병원에 가볼 생각이다. 교수 자리를 부탁해놓았으니 퇴원하면 안정될 수 있을 거야."

"……."

"그럼 전화 끊는다."

"예, 아버지. 건강 조심하세요."

전화가 끊어진 후, 삐 하는 소리를 진 회장은 잠시 듣고 있었다. 수화기를 그냥 내려놓기가 몹시 아쉬웠다.

무슨 중요한 일이 그렇게 많았기에 어릴 적 미숙이와 같이 보낼 시간도 없었던가. 진 회장은 하나뿐인 딸 미숙이 자랄 때 함께한 시간이 없었음이 후회스러웠다.

과거를 돌이켜보니, 그의 생활은 반복적으로, 너무나 반복적으로 움직인 것 같았다. 나는 누구인가? 나는 뭘 원하는가? 내가 성취하려는 것은 무엇인가? 이런 질문을 마지막으로 해본 적이 언제였던가? 진 회장은 자신에게 물었으나 얼른 답이 떠오르지 않았다.

그는 벽시계에 시선을 주었다. 9시 15분. 9시 30분경에 가부간 결과를 알려주겠다던 청와대 경제수석 비서관으로부터의 전화가 몹시 기다려졌다. 어제 점심시간 후 국세청 직원이 장부를 압수해갔다는 소식을 듣고 곧바로 경제수석 비서관과 연락을 취했었다. 이번 주 내로 권력자와의 면담을 요청한 결과, 경제수석이 의전수석과 의논하여 면담시간을 알려주겠다고 한 약속시간이 9시 30분이므로 그는 초조함을 떨쳐버릴 수 없었다.

권력자와의 면담 요청 이유가 정치자금 전달이라는 것을 말하지 않아도 뻔히 알고 있을 경제수석이 과거에 서너 차례 진 회장으로부터 경제적인 도움을 받은 적도 있고 하니, 웬만하면 권력자와의 시간을 주선해주리라 확신하고 있었다.

"회장님, 김택천 회장님 전화신데요."

비서의 말에 진 회장은 얼굴을 찡그렸다. 자기에게 나쁜 일만 일어나면 부리나케 전화를 걸어 '혹시 도와줄 일이라도?'라든지, 아니면 '걱정이 되어서!'라고 지껄이기를 좋아했던 작자가 아닌가! 실제로는 나쁜 소식을 듣는 것만으로도 만족 못해 전화통화를 통해 은근히 고소해하는 것이 그의 비뚤어진 심보라는 것을 진 회장이 모를 리 없었다. 그는 수화기를 들었다.

"김 회장, 오래간만이오. 요새 건강은 어떠시오?"

진 회장이 아무 일도 없는 듯 쾌활한 목소리로 말했다.

"진 회장, 이거 전화로 하기보다 만나서 의논해야 하는 건데 먼저 진 회장 의견이나 들어보려고 전화한 거요. 다름이 아니라 아무래도 회장단 회사 중심으로 정치자금을 좀 마련해주어야 할 것 같아서⋯⋯."

국세청에서 대하실업의 장부를 압수해갔다는 소식이 아직 김 회장의 귀에 들어가지 않은 것 같아 진 회장의 마음이 가벼워졌다.

"뭐, 저야 중론에 따라가지요. 그런데 전번 모금한 지 얼마 안 되지 않았소?"

진 회장이 느긋하게 말했다.

"당에서 또 연락이 왔는데 좀 협조해달라는 거요. 지금 정부 일각에서 30대 그룹사의 상호 지급보증 한도 제한이니 상호 출자 금지니 뭐니 떠드는 판이라⋯⋯ 아무래도 성의를 표시해 당의 협조를 얻는 게 좋을 것 같아서요."

"당연히 성의를 표시해야지요. 저는 김 회장님 의견에 따르지요."

"고맙소. 다시 연락하리다."

전화를 끊고 진 회장은 잠시 생각에 잠겼다. 사실인즉 그룹의 확장이라는 게 별게 아니라고 그는 생각했다. 그룹 내의 한 회사가 다른 자회사에 지급보증을 해주고,

지급보증을 받은 자회사는 그것을 담보로 융자를 받아 그 돈으로 자산을 취득하고, 자회사는 취득한 자산을 담보로 다시 또 다른 자회사에 지급보증을 해주는 식으로 연쇄반응을 일으키는 것이었다. 한마디로 '눈 가리고 아웅' 하는 식이라고나 할까. 은행의 여신 한도만 있으면 은행으로부터 돈을 끌어내기란 식은 죽 먹는 격이었다.

거기다가 한술 더 떠 자본금 면에서도, 그룹 내 회사끼리 봉이 김선달 대동강 물을 팔아먹는 식으로 상호 출자를 해온 것도 인정해야 될 것 같았다. 그룹 내의 한 회사가 다른 자회사의 주식을 사 자본 참여를 하고, 그 회사의 증자된 부분을 또 다른 회사에 자본금으로 투입하면 외부에서 보기에는 회사들의 자본구조가 탄탄해 보이지만, 실제로 그것은 문자 그대로 사상누각…… 밑에서 하나가 무너지면 전체가 와르르 한꺼번에 무너지게 되어 있음을 진 회장은 잘 알고 있었다.

그러나 어찌하겠나? 하고 진 회장은 작금의 상황을 정당화하려고 들었다. 짧은 자본주의 역사에 자본 적립이

안 된 상태에서 국제시장의 선진국 대기업과 경쟁하려면 그렇게라도 할 수밖에 없으니 정부에서 모르는 체해 주어야지. 그래서 눈감아주는 대가로 이렇게 정치자금을 마련해 상납함으로써 조변석개하기 쉬운 자들이 권력에 접근 못하게 하고 있는 것이 아닌가! 정치자금만 없으면…… 정치자금? 순간 진 회장은 무엇을 깨달았는지 긴장감을 느끼며 자세를 고쳐 앉았다.

진규식 회장이 인터폰 버튼을 누르고 말했다.

"김택천 회장실 대줘."

잠시 후 김 회장과 다시 전화 연결이 되었다.

"김 회장, 뭐 잠깐 물어봅시다……. 다름이 아니라 거기하고 선이 닿으려면 어느 채널이 제일 빠르오?"

"왜, 회사에 무슨 일이 있소?"

"뭐, 별일 아닌데 그냥 알아보려는 거요."

"글쎄, 아마 가장 빠른 채널은 KS일 거요."

아뿔싸, 이거 잘못 짚었구나, 하고 진 회장은 후회하는 마음이었다.

"고맙소. 다시 연락합시다."

KS란 정치자금 모금에 숨은 역할을 한다는 권력자의 금융 담당 비선실세를 의미했다. 성구 말을 귀담아들을 걸! 괜히 4공 때 생각을 해 경제수석을 통해 문제를 해결

하려 하다니……. 진 회장은 몹시 후회스러웠다.

과거에는 지금처럼 복잡하지 않았는데, 하고 진 회장은 생각했다. 4공 때는 정치자금을 주려면, 경제수석을 통해 의중을 전한 후 비서실장의 연락을 받고 청와대에 들어가 정치자금을 비서실장에게 전달한 다음 권력자의 집무실에서 권력자와 5분에서 10분 정도 덕담이나 나누다 나오면, 비서실장이 국세청장과 감사원장에게 전달받은 정치자금의 액수를 통보해주고, 그리고 회사에서는 경리장부에 버젓하게 연구개발비 명목으로 달아놓기만 하면 문제가 될 게 없었다.

돌이켜 생각해보니, 정치자금을 연구개발비 명목으로 처리하는 것은 꽤나 적절한 조치였다. 결국 정치자금이란 빨갱이가 정권을 못 잡게 하는 비용이니까. 그는 미소를 머금었다. 5공 때 와서도 비서실장이 아닌 권력자에게 직접 수표뭉치를 전해주는 것 외에는 4공 때와 달라진 것이 없었는데, 6공 때라고 다르겠느냐는 자신의 판단이 왠지 잘못된 것 같았다.

'삐—' 하고 인터폰이 울렸다.

"회장님, 청와대 전화입니다."

비서의 목소리가 들려왔다. 진 회장은 깜짝 놀라 수화기를 들었다.

"여보세요."

"진규식 회장님이십니까?"

"그렇습니다."

"청와대 경호실의 김 과장입니다. 오늘 오후 4시에 서린호텔 커피숍으로 나와주십시오. 오후 4시, 서린호텔 커피숍."

"예…… 예…… 4시에, 기다리겠습니다."

수화기를 내려놓은 후, 진 회장은 잠시 얼이 빠진 사람처럼 멍하니 앉아 있었다. 경제수석에게 이번 주 내로 면담을 요청했지만 잘해야 다음 주 중에 면담이 성사되면 다행이라고 생각했었는데, 오늘 오후 당장 만나자니 예상 밖이었다. 진 회장은 이미 세무사찰 문제가 해결이라도 된 듯 하늘을 나는 기분이었다.

그러나 그러한 기분은 다음 순간 긴장감으로 바뀌었다. 나라님을 단둘이서 만난다는 생각이 그를 긴장하게 만든 것이다. 누가 뭐래도, 나라님은 나라님. 나로서는 최상의 예의를 갖추어야지……. 진 회장은 수화기를 들었다.

"여보, 나…… 나요."

아내가 받자 그는 순간 말을 더듬었다.

"잠시 후 집에 들어갈 거요."

"어디 편찮으세요?"

아내가 걱정스럽게 물었다.

"아니야. 목욕 좀 하고 옷도 갈아입으려고. 그리고 며칠 전 내가 잘 보관해두라던 추사(秋史) 글씨 있지? 그거 꺼내놔요."

"왜요? 누구 드리게요?"

그는 대답도 하지 않고 전화를 끊었다. 그의 손이 잠시 경련을 일으키듯 더듬거리며 인터폰 버튼을 눌렀다.

"진 사장 들어오라고 해."

진 회장의 표정에는 로마 교황을 알현하러 가는 천주교도의 엄숙함이 배어 있었다.

잠시 후 진성구가 들어섰다.

"부르셨어요?"

멍하니 벽을 쳐다보고 있는 아버지를 이상히 여기며 진성구는 진 회장 곁에 가서 조용히 물었다.

"내가 준비해놓으라는 거 언제 되지?"

진성구는 그것이 비자금을 의미한다는 것을 알았다.

"언제라도 필요하시면 찾을 수 있어요."

"집에서 목욕하고 있을 테니 오후 2시까지 찾아서 집으로 가지고 와라. 수표 한 장으로."

소파에서 일어나 문 쪽으로 가는 진 회장의 걸음걸이가 여느 때보다 느리고 신중했다. 뒤따르는 진성구는 잠시 어리둥절해 있다가 무엇을 깨달은 듯 입가에 엷은 미소를 띠었다. 5년 전 권력자와의 독대가 있었던 날에도 아버지가 지금과 똑같이 얼이 빠진 사람처럼 보였기 때문이었다.

영감이 순진하긴! 무슨 임금을 알현하러 가는 줄 착각이라도 하고 있나, 목욕재계하고 새 속옷으로 갈아입고……. 진성구는 피식 웃었다.

그때부터 서린호텔 커피숍에 도착할 때까지 진 회장은 구름 위를 걷는 기분으로 시간을 보냈다. 목욕하고, 새 옷으로 갈아입고, 머리카락 한 오라기 흐트러지지 않도록 머리 손질을 하고, 그렇게 소중히 여기던 추사 글씨를 손수 싸고 또 싸고…… 나라님을 만난다는 것 이외에는 그 어떤 생각도 머릿속에 떠오르지 않았다. 그는 약속시간보다 1시간 전인 3시 정각에 집을 나섰다.

4시 10분을 가리키는 손목시계와 서린호텔 커피숍의 벽시계를 번갈아 보는 진규식 회장의 얼굴이 초조한 빛을 띠기 시작했다. 혹시 약속장소를 잘못 안 게 아닌가?

혹시 약속시간이 4시가 아니고 5시였나? 진 회장은 북적거리는 커피숍의 구석자리 테이블에 놓인 주스잔을 들어 바싹 마른 목을 축였다.

잔을 테이블 위에 내려놓으며 그는 종소리가 들리는 쪽으로 시선을 주었다. 벌써 몇 번씩이나 사람을 찾는 안내판을 들고 커피숍 직원이 지나갈 때마다 신경을 써서 살펴봤던 것이다. 얼핏 안내판을 지나쳐 보던 진규식 회장은 깜짝 놀랐다. 거기에서 자신의 이름을 발견했기 때문이다. 그는 얼른 자리에서 일어나 카운터로 가 수화기를 받아들었다.

"여보세요. 전화 바꿨습니다."

"진 회장님, 경호실 김 과장입니다. 한 5분 후에 그리 가겠습니다."

"네, 기다리겠습니다."

"회장님 차는 호텔 주차장에 그냥 두십시오. 제 차로 모시겠습니다. 기다리시게 해서 죄송합니다."

"천만에요."

진 회장은 자리로 돌아와 앉았다. 그는 느긋한 마음으로 조금 전에 보던 신문을 집어들었다. 사회면을 뒤덮고 있는 각종 데모 사진에 시선을 주었다.

백성은 서로 자기 몫을 더 달라고 아우성을 치고 선비

들은 서로 제가 잘났다고 떠들어대니, 나라님이 나라를 이끌어가기란 여간 어려운 일이 아닐 거라는 생각이 들었다.

거기다가 요직에 있는 무관 및 문관의 충성심을 유지하기 위해선 촌지를 돌려야 하고, 거대한 당 조직을 유지하려면 한 달에 적어도 20~30억은 필요할 테니, 나라님이 아무리 막강한 권력을 휘두르는 자리에 있다고는 하나 최소한 1년에 생돈 5백억 원을 긁어모으는 일이 쉬운 일 같지가 않았다.

나라 다스리기에도 눈코 뜰 새 없이 바쁠 텐데 그런 일까지 감당해야 한다니…… 그런데도 요즘 세상 사람들은 걸핏하면 무능하다느니 바보 같다느니 제멋대로 지껄이니…… 그래도 나라님인데! 진 회장은 그런 사람들이 괘씸했다.

그 순간 진 회장은 회사가 정밀 세무실사를 받고 있다는 사실조차 의식하지 못하고 있었다. 나라님과 단둘이 만나면 이심전심, 모든 일이 순조롭게 해결되고 어떤 오해도 풀어지리라 확신했다.

어떻게 정권을 잡았든, 어떤 자격이 있든, 나라님은 나라님. 나라님을 섬기는 것이 백성의 도리임을 누가 부정할 수 있단 말인가. 나라님을 험담하는 사업가들의 모습이 떠오르자 진 회장은 그들을 향한 혐오감을 느꼈다. 배우지 못한, 호랑잡탕 천한 집안 후손들이란! 아무리 세상이 바뀌어도 피는 못 속이는 법이라고 그들을 마음 속으로 꾸짖었다.

"진 회장님이시지요?"

한 남자가 다가와 묻는 소리에 진 회장은 고개를 들었다.

"김 과장입니다. 가시지요."

그는 김 과장을 뒤따라 커피숍을 나섰다.

검은색 지프차가 호텔 앞 길가에 대기하고 있었다. 진 회장이 먼저 타고 김 과장이 뒤따라 타자 차는 곧 움직였다.

복잡한 광화문 네거리를 건너 중앙청 앞에서 좌회전을 해 잠시 가다 효자동 쪽으로 들어섰다. 들어서자마자 청와대 쪽을 막고 있는 바리케이드가 나왔다. 지프차는 바리케이드 앞에서 왼쪽 골목으로 방향을 바꾸었다.

잠시 후 청와대 쪽 골목길로 접어들었다. 청와대 앞대로 조금 못 미쳐 겉으로 보기에는 중류층이 살 만한 집 앞에 차가 섰다. 김 과장이 차에서 내려 문을 열고 들어섰고, 진 회장이 뒤따랐다. 현관을 들어선 후 오른쪽 문을 열자 자그마한 응접실이 나타났다.

"잠깐 앉으시지요. 곧 차장님이 오실 겁니다."

진 회장은 소파에 앉으면서 어리벙벙했다. 권력자의
집무실이든지, 그렇지 않으면 청와대 옆 안가(安家)이기
를 기대했는데 이런 곳으로 온 것이 이상했고, 비서실장
이나 경호실장이면 몰라도 한 번도 보지 못한 경호실 차
장과 만난다는 것도 석연치 않은 점이 있었다. 그렇다고
김 과장에게 물어볼 수도 없어 진 회장은 침묵을 지켰
다.

"그 새끼들 작살을 내야 되겠어."

응접실 밖에서 큰소리가 들려왔다. 곧 문이 열리며 땅
딸막한 한 남자가 응접실로 들어오다 말고 뒤따라오는
남자를 향해 돌아섰다.

"그 새끼들한테 새 자동차 몇 대 사내라고 해. 그렇게
단단히 주의를 주었는데 개새끼들, 또 각하가 탄 차형과
색깔을 신문에 대문짝만 하게 썼잖아."

"알겠습니다. 단단히 주의시키겠습니다."

뒤따라오던 남자가 굽실거리며 말했다.

"주의 가지고는 안 돼. 그 기사 쓴 새끼 청와대 출입
금지시키고, 신분 조사해봐. 아무래도 사상이 의심스러
운 놈이야."

땅딸막한 남자가 응접실 문을 '쾅' 하고 닫고 뒤돌아섰다.

"진 회장님, 이거 죄송합니다. 기다리시게 해서요. 제가 정용택 차장입니다."

정 차장이 진 회장에게 손을 내밀며 말했다.

"괜찮습니다. 경호 업무에 얼마나 노고가 많으십니까?"

진 회장이 인사말을 건넸다.

"아 글쎄, 기자 놈들이 각하가 지방 순시하실 때 타는 자동차 모델과 색깔까지 기사로 써갈기니 이거 참 미치겠습니다. 이제부턴 써갈기는 기자 놈에게 새 자동차를 사내게 해야겠습니다."

정 차장이 진 회장 앞 소파에 앉았다.

"바쁘신데 여기까지 오시게 해서 죄송합니다. 다름이 아니라……."

정 차장이 진 회장의 눈을 똑바로 쳐다보며 말을 이었다.

"어제 회장님께서 김인곤 사장을 만나보셨습니까?"

진 회장은 정 차장의 질문에 얼떨떨했다. 김인곤…… 김인곤…… 아무리 생각해보아도 누구인지 기억이 나지 않았다.

"어제 김인곤 사장이 회장님께 직접 서신을 전했다고 하던데요."

정 차장이 덧붙여 말하자 그때서야 어제 회사 현관 앞

에서 건설회사 사장이라며 그에게 편지를 불쑥 내민 자가 기억되었다.

"네, 만나본 것 같습니다."

"김인곤 사장이 준 편지를 읽어보셨지요? 회장님께서는 그 일을 어떻게 처리할 예정이십니까?"

대화가 치닫는 방향이 전혀 예상 밖이라 진 회장이 글쎄요, 하며 어물어물했다.

"회장님께서 선처해주시리라 믿습니다. 대기업에서 중소기업을 도와주어야지 작살을 내면 되겠습니까?"

정 차장이 어린아이를 타이르듯 진 회장에게 말했다.

"글쎄요. 아직 확실한 내용을 몰라서……."

진 회장이 어물어물했다. 사실 김인곤 사장이 준 편지는 세무실사 때문에 정신없어 아직 읽지 못한 채 회장실 서랍 안에 있었다.

"김 사장을 너무 코너에 몰아넣지 마십시오. 회장님도 곤란해지기 쉽습니다."

"……."

"회장님 회사에 대해 지금 말이 많습니다."

정 차장의 매서운 눈초리가 진 회장의 눈에 붙박여 있었다.

"외화 문제도 심심찮게 나돌고요……."

정 차장이 벽 쪽으로 고개를 돌리며 중얼거렸다. 진 회장의 시선이 정 차장의 시선을 따라 벽 쪽으로 향했다. 그가 갑자기 고개를 돌렸다. 오른쪽 머리에 쫙 쏘는 통증이 왔다. 그는 목구멍 밖으로 나오는 '음' 하는 신음을 꿀꺽 삼켰다. 과거에도 그랬듯이 꼬였던 뇌혈관이 다시 펴지기를 바랐다.

다음 순간 그의 왼쪽 어깨가 스르르 내려앉기 시작했다. 과거에 경험했던 것과 전혀 다른 일이 일어나고 있었다. 이것이 말로만 듣던 뇌졸중일지도 모른다는 생각이 순간 그의 뇌리를 스쳐갔다. 동시에 몸이 왼쪽 소파 위로 털썩 무너지며 정신이 아물아물해졌다.

한 여자의 모습이 소파 위에 쓰러진 진 회장에게 희미하게 보였다. 죽은 아내였다. 담담한 미소를 짓고 있는 젊은 시절 아내의 모습이 몹시 포근하게 느껴졌다. 그에게 두 손을 흔들고 있는 두 번째 아내의 모습이 보였다. 빨리 일어나라고 하는 뜻인 줄 알겠으나 마음이 편안해져 별로 서두르고 싶지 않았다.

그 뒤로 두 남자가 멀리서 걸어오고 있었다. 가까이 다가와 둘이 다투는 모습이 보였다. 그들은 두 아들 성구와 성호였다. 진 회장은 몸을 일으켜야 되겠다고 생각하며 속으로 소리쳤다. 이놈들, 네놈들은 내가 끝이 난 줄 알지. 천만에. 너희들은 아직도 멀었어. 내가 어떤 남자인지 보여주마. 내 불굴의 정신을 너희들에게 보여주겠다.

정신이 희미하게 다시 돌아오자 진 회장은 상체를 일으키려고 안간힘을 썼다. 상체를 조금 일으켜 세웠을 때 그의 머릿속에서 팽팽했던 혈관이 뚝 하고 끊어지는 소리가 들려왔다. 그의 몸이 다시 소파 위로 무너져내렸다. 멀리서 누군가 그에게 손짓하며 걸어오고 있었다. 밀짚모자에 삼베옷을 걸치고 바짓가랑이를 걷어올린 농부의 모습이 보였다. 아버지였다. 아버지가 그에게 가까이 다가와 천천히 말하기 시작했다.

"우리의 인생은 흐르는 물과 같다. 흐르는 물이 사계절을 거치면서 얼었다가 녹았다가 더워졌다가 서늘해지듯이, 우리의 인생은 좋든 싫든 봄·여름·가을·겨울의 사계절을 맞이하며 희로애락의 과정을 거치게 되어 있는 것이다."

"아버지, 저는 너무 고생만 했어요."

그는 간절하게 마음속으로 외쳤다.

아버지가 그의 말은 들은 체 만 체 다시 말했다.

"이것은 누구도 바꿀 수 없는 자연의 섭리. 그러한 섭리를 받아들이지 않고 인생을 허비하다가 어느덧 세월이 흐른 후 아! 내가 왜 그때 그렇게 어리석었지? 하고 후회하는 것이 우리 인간들이다."

"아버지, 저는 어리석지 않았어요. 저는 거대한 부를 이루었어요."

진 회장이 마음속으로 다시 소리쳤다. 그러나 아버지는 여전히 표정 없는 얼굴로 말을 이어나갔다.

"우리의 인생은 흐르는 물처럼 좁은 곳, 넓은 곳, 가파른 곳, 완만한 곳을 거치며 흘러가다가 결국은 종착역인 망망대해로 빠지게 되어 있다. 그곳으로 흘러내려온 물은 영원한 안정을 찾은 것이다."

"아버지, 안 돼요. 저는 아직 죽을 수 없어요. 저는 할 일이 많아요."

진 회장은 마음속으로 악을 쓰듯 부르짖었다.

다시 아버지를 보았을 때 아버지는 온데간데없이 사라지고 왼쪽에서 박수 소리가 들려왔다. 진 회장은 소리가 나는 쪽으로 고개를 돌렸다. 누군가 크게 웃으며 박수를 치고 있었다. 마치 멋진 연기를 했다고 비웃듯이.

"너는 누구냐?"

진 회장이 소리쳤다. 박수를 치는 자는 대답은 하지
않고 여전히 박수 치기만을 계속하고 있었다. 곧이어 여
러 사람이 진 회장의 오른쪽에 나타나 같이 박수를 치기
시작했다. 그들 얼굴 하나하나에 진 회장의 시선이 옮겨
갔다.

"너희들은 왜 여기 있어?"

진 회장이 의아해하며 물었다. 아무런 대답도 하지 않
고 모두가 웃고만 있었다. 그 순간 그들 모두가 한때 자
신의 사업 경쟁자로 일찍 세상을 떠난 사람들이라는 것
을 진 회장은 알아챘다. 모두가 파산을 경험했고, 모두
가 비통한 마음으로 진 회장 자기를 원망하며 사라진 자
들이었다. 그들이 박수를 치며 그에게 다가오고 있었다.

"내가 너희들한테 잘못한 것은 없어. 모든 게 자유경
쟁의 결과일 뿐이야."

진 회장이 두 손을 내저으며 소리쳤다. 그때 진 회장
의 목덜미가 누군가의 손아귀에 쥐어졌다. 그자의 부릅
뜬 눈을 본 순간 진 회장은 소스라치게 놀랐다.

"경찬이, 제발 용서해줘."

진 회장이 애원했다.

"내가 투서한 게 아니야. 우리 직원이 나도 모르게 한

거라고."

진 회장은 세무사찰로 파산한 친구 이경찬에게 애원조로 말했다. 그러나 진 회장의 목은 더욱 조여왔다. 숨이 막혔다.

"내가 살아야 해. 내가 살아 있어야지만 경찬이 자네 아들을 돌봐줄 수 있어. 자네 아들 성수는 지금 위태로운 상태야. 나만이 성수를 도울 수 있어. 교수직도 마련해놓았단 말이야. 제발 살려줘…… 제발……."

진 회장은 있는 힘을 다해 소리쳤다. 그의 목을 쥐고 있던 손이 풀렸다. 이경찬이 진 회장을 놓아주고 일어나면서 그곳에 있는 다른 자들에게 가라고 손짓을 하는 것 같았다. 다른 자들이 사라진 후 이경찬 역시 등을 보이며 진 회장에게서 멀어져갔다.

6. 외로움에 찌든 사람 : 이진범

- 시카고에서 진미숙과의 재회가 남긴 회한.
- 남자는 여자의 원한을 사서는 안 된다. 특히 기업하는 사람은 그러하다. 여자의 원한은 기업을 결국 망가뜨리기 때문이다. 그러나 여자의 원한을 지울 수 있는 쉬운 방법이 있다. 그것은 돈이다. 여자에게 돈은 설득 그 자체다.
- 작가는 다른 어떤 직업도 가지면 안 된다. 꼭 가져야 한다면 뚜쟁이짓이 제일 좋다. 창녀의 천사 같은 마음씨와 접촉할 기회를 갖기 때문이다.

　이진범은 삼류호텔의 5층 어느 방 창가에 서서 창밖을 내다보고 있었다. 1940년대 시카고 시를 배경으로 한 '갱스터' 영화에서 본 그대로 5~6층짜리 붉은 벽돌집들이 들어서 있는 구 시가지의 중심부는 한때 영화를 누렸던 도시라고는 믿기 힘들 정도로 황폐해져 있었다. 어둠이 찾아오면 그런대로 향수를 자아낼 수 있으련만 아침 햇살에 발가벗겨진 도시는 죽음을 기다리는 늙은이를 연상시켰다.

　이진범은 그 시선을 자신이 있는 5층의 비상구에서 벽을 타고 옮겨가다 2층쯤에서 공중에 매달려 있는 철제

계단을 거쳐 양철 쓰레기통이 뒹굴고 있는 골목길에서 멈추었다. 거대한 도시 속에서도 특히 역사가 오래된 그 지역은 허물어지기를 기다리고 있었다. 마치 같은 호텔 옆방에서 장기 투숙하고 있는 늙어빠진 과부와 홀아비들처럼……. 그들은 지루하게 죽음을 기다리는 사람들이었다. 죽음을 기다리는 사람들은 아침을 어떻게 맞이할까, 이진범은 문득 궁금해졌다.

싸구려 호텔이라서 방음이 제대로 되어 있지 않은 탓에 벽을 통해 양쪽 옆방에서 들려오는 텔레비전 소리에 그는 귀를 기울였다. 남녀가 뭐라고 지껄이다간 하하하 웃자 관중들이 따라 웃는 소리가 들려왔다. 그래도 아침이 되니 밤과 달리 웃음소리라도 들려왔다. 밤 동안 그를 잠에서 여러 번 깨운 소리는 옛날 영화 속에서 남녀가 소곤대는 소리와 느릿느릿한 영화 음악이었다.

이진범은 손목시계를 보았다. 9시 5분. 시어스 사에서 바이어와 만나기로 약속한 시간은 10시 30분이지만 조금 일찍 나가 시어스 타워 근처에서 커피를 마시며 시간을 보내기로 했다. 그는 방을 나섰다.

복도에서 아침식사 트레이를 문 밖으로 내놓는, 파자마를 입은 채 헝클어진 금발을 한 옆방 노파와 시선이 마주쳤다. 노파는 멍한 눈으로 잠시 그를 보다가 겁에 질린 듯 얼른 문을 닫았다. 슬픈 기운이 감도는 한국 노파의 눈동자와는 달리 이곳 노파의 눈은 공포에 질려 있었다.

그는 그것이 어디에서 비롯한 공포인지를 알아차렸다. 그것은 외로움이 주는 공포였다. 열악한 도시 속의 벽돌 건물 안에 갇혀 건물 밖으로 나갈 수 없는 데서 오는 외로움, 텔레비전 화면 속의 남녀가 얘기하는 소리만 들을 수 있을 뿐 대화를 나눌 상대가 없는 데서 오는 외로움, 그리고 무엇보다 홀로 맞이해야 할 죽음을 앞두고 있는 데서 오는 외로움……. 그것은 외로움이라기보다 공포로 보였다.

갑자기 어머니의 모습이 그의 눈앞에 아른거렸다. 비록 짝을 잃고 혼자가 되시긴 했지만, 비록 하나밖에 없는 자식을 볼 수는 없지만, 어머니의 눈은 언제나처럼 지금도 포근함을 간직하고 있으리라 믿었다.

이진범은 허름한 호텔 건물을 나섰다. 이진범이 탄 택시가 미시간 가를 지나갈 때 그는 차창 밖으로 시선을 보내 잘 알려진 고급호텔을 눈으로 찾고 있었다. 시어스 바이어를 만났을 때 묵고 있는 호텔을 물어오면 대답할 호텔을 찾기 위해서였다. 미시간 대로를 지나면서 대로 옆에 있는 시카고 힐튼 호텔을 눈여겨 보아두었다.

얼마 후 시어스 타워 근처에 도착한 이진범은 근처의 커피숍으로 갔다. 카운터에 앉아 커피와 도넛 두 개를 시켰다. 도넛을 한 입 베어 물고 커피를 마셨다. 산뜻한 커피 맛이 달콤한 도넛 맛과 잘 어울렸다. 그는 몹시 기분이 들떠 있었다. 지난 1년 동안 심혈을 기울인 시어스와의 거래가 드디어 성사되리라는 기대감 때문만은 아닌 것 같았다. 무엇일까? 금방 답이 떠올랐다. 진미숙이 지금 이 시간 같은 도시에 있다는 생각, 그 생각이 그의 머릿속에 맴돌면서 그를 흐뭇하게 하고 있다는 것을 깨달았다.

도시라는 공간은 참으로 묘한 것이라는 생각이 들었다. 경계가 분명치 않은 도시는 이름만으로도 한 지붕처럼 느껴져 그 도시 안에 사는 사람들을 한 울타리 안에 산다는 착각을 하게 만든다. 그래서 사랑하는 여인이 같은 도시에 있을 경우 남자의 가슴속에 설렘을 불어넣어 주는 법인가? 그래서 내 마음이 이렇게 뛰고 있는 것인가? 이진범은 엷은 미소를 지었다.

어쩌면 진미숙이 바로 옆에 있는 것보다 한 도시 안에, 가상적인 한 지붕 밑 어느 곳에 있다는 사실이 더 흐뭇하게 느껴지는 것인지도 몰랐다. 서로가 서로를 볼 수 없는 거리 자체가 추억을 아름다움으로 채색할 여유를 주고 있는 것이라고 그는 결론지었다. 그러고 보니 한 도시가 한 지붕이라면, 한 하늘도 한 지붕이 될 수 있지 않을까? 그래서 세상 어디에 있든 살아만 있다면, 아니 서로가 서로를 진심으로 그리워하고만 있다면 한 지붕 아래에 같이 존재하는 것이 아닐까?

"커피 더 하겠어요?"

커피 주전자를 든 웨이트리스가 말했다. 그는 시계를 보았다. 고맙습니다, 라고 말하며 그는 마시던 커피잔을 비운 다음 웨이트리스 앞에 내밀었다. 그녀가 따라준 커피를 다시 입으로 가져가며 그는 생각을 계속했다.

솔직히 말해 진미숙이 지금 당장 바로 옆에 있다면 견디기 힘들 정도로 부담스러울 것 같았다. 그의 옆에 있었던 진미숙은 항상 그의 내부에 안쓰러움을 불러일으켰었다. 그런 운명을 타고나지 않았을 텐데 시답잖은 유부남을 사랑하게 된 진미숙, 세상 모든 남자의 사모의 대상이 되어야 할 여자에서 서울 변두리 싸구려 여관방을 전전하며 정염을 불태우는 하찮은 여자로 전락해버린 진미숙. 그런 진미숙을 보노라면 항상 그의 내부에서 걷잡을 수 없는 안쓰러움이 일어났었다.

나와 헤어진 지 1년 반이 지난 지금, 미숙은 자신을 다시 찾아 지난날의 추억쯤은 하찮은 기억으로 여기고 있지나 않을까? 백인홍의 적극적인 도움으로 겨우 살다시피 하고 있는 나의 현재 처지를 알게 된다면 그런 남자와 사랑에 빠졌던 자기 자신을 얼마나 한심스러워할까! 진미숙이 지금 이 시각에 같은 도시에 있다는 생각이 들자 이진범은 방금 전에 느꼈던 흐뭇함에서 벗어나 두려움을 느끼기 시작했다. 그 순간 그는 진미숙을 만나지 않기로 결심했다.

이진범은 고개를 돌려 커피숍 유리벽 밖으로 시선을 보내며 단단히 결심했다. 이번 시어스 일이 성사되지 않으면 자신의 부도난 회사를 25만 달러에 사겠다는 백인홍의 제의를 받아들이지 않겠다고. 시어스 일이 성사된다면 모르지만 성사되지도 않은 상태에서 백인홍의 제의를 받아들인다는 것은 순전히 염치없는 행동으로밖에 볼수 없었다. 그는 최소한의 양심은 잃고 싶지 않았다. 그것이 자신을 사랑하는 가족과, 한때나마 자신을 사랑했던 한 여자에 대한 마지막 배려인 것 같았다. 그가 베풀수 있는 유일한 배려……

이진범은 자리에서 일어났다. 계산대 앞에 서 있자 아까 그에게 커피를 따라준 웨이트리스가 미소를 지으며 다가왔다. 그는 계산을 끝내고 주머니에서 5달러를 따로 꺼내 그녀 앞에 내밀었다.

"내 양심을 찾아준 대가요."

이진범이 미소 속에 말했다.

많은 액수의 팁에 놀란 웨이트리스에게 그가 다시 말했다.

"당신의 커피가 나에게 양심을 되찾아주었소. 대단히 고맙소."

이진범은 무슨 말인지 몰라 어리둥절한 표정을 짓고 있는 웨이트리스를 뒤로하고 그곳을 나왔다. 그는 곧바로 약속장소로 가기 위해 시어스 빌딩으로 향했다.

"웨인 토머스 씨는 지금 회의 중입니다. 여기서 잠깐 기다리시면 곧 나오실 겁니다."

회의실로 안내한 비서가 이진범에게 말했다.

"뭐 드시겠어요? 커피? 홍차?"

"커피 부탁해요."

이진범이 미소를 지으며 말했다.

"어떻게 드세요?"

"설탕만 한 스푼."

비서가 회의실을 나가자 이진범은 자리에서 일어나 창가로 갔다. 시어스 건물의 65층에서 내려다본 시카고 시는 '빌딩숲'이라는 말이 실감날 정도로 빽빽이 들어선 마천루들로 장관을 이루고 있었다. 길거리에 서서 둘러본 것과는 달리 그곳에서 본 시카고 시는 매우 아름다웠다. 시야에서 사람들의 모습을 지워버렸기 때문일까? 반드시 그런 것만은 아닌 것 같았다. 지난 1년 동안의 노력이 결실을 보게 되리라는 기대감에 그는 들떠 있었다.

그동안 그는 총력을 기울여 미국에서 가장 큰 체인 백화점인 '시어스'를 잡으려고 노력했다. 서울과 연락하여 수십 번에 걸쳐 샘플을 만들고, 바이어들을 서울에서 대접하게 하고, 수시로 시카고로 불려가 백운직물 회사의 우수성과 품질검사 절차 및 선적 스케줄에 관하여 브리핑을 하고……. 그들이 원하는 것이라면 물불 가리지 않고 무엇이든 해주었다. 드디어 오늘이 확답을 듣는 날이었다.

이진범은 벌써부터 가슴이 부풀어왔다. 1년 반 동안 별 실적도 없는 자신의 미국 거주비와 국내에 있는 세 가족의 생계비를 보조해준 백인홍 사장에게 드디어 보답할 기회가 왔다는 생각이 들었기 때문이었다.

또 시어스와 계약이 체결되면 자신의 회사를 25만 달러에 사겠다는 백 사장의 제안을 받아들일 작정이었다. 그리고 그 돈을 워싱턴 근교에 위치한 자그마한 모텔의 구입비 중 다운페이로 사용해 김영수와 같이 모텔을 운영하면서 가족이 오기를 기다리기로 마음먹고 있었다. 그런 의미에서 시어스와의 계약은 그에게, 폭풍 속을 헤매다 파선 직전에 처한 배에게 항구를 알려주는 등대와 같다고 할 수 있었다.

문이 열리는 소리에 이진범은 뒤를 돌아보았다. 웨인 토머스가 안으로 들어서고 있었다. 여느 때처럼 명랑한 표정이 아니었다.

"시카고로 오는 비행기 여행은 어땠어요?"

웨인이 자리에 앉으며 물었다.

"괜찮았어요. 이곳에서 시카고를 내려다보면서 참으로 아름다운 도시라고 감탄하고 있었어요."

이진범이 웨인의 맞은편 의자에 앉으며 말했다.

"그러나 도시는 인간이 만든 것이지요. 인간이 만든 것과 자연이 만든 것 사이에 차이점이 있다면, 인간이 만든 것은 아무리 아름다워도 오래 보면 싫증이 나게 돼 있다는 겁니다. 나는 이곳에서 내려다보는 시카고에도 완전히 진력이 났지요."

웨인이 침울한 표정 속에 말을 이어갔다.

"그리고 또 싫증난 것이 있어요."

"……."

"조직의 관료주의요. 특히나 시어스와 같은 거대한 조직일수록 그렇지요."

"왜, 좋지 않은 일이라도 있어요?"

이진범의 가슴이 두근거렸다.

"솔직히 말해 그렇다고밖에 할 수 없어요."

"자세히 설명해주세요."

"담당 부사장이 회사 정책상 구매처를 바꿀 수 없다는 거요. 당신 회사에서 보낸 샘플이 질도 더 좋고, 가격도 훨씬 저렴한데도 말입니다."

"가격을 더 낮추면 어떨까요?"

이진범이 초조한 마음에 불쑥 내뱉었다.

"가격 문제가 아닌 것 같아요."

"그럼 무슨 문제인지……."

이진범이 웨인 토머스에게 물었다.

"딱 꼬집어서 얘기할 수 없으나 유수한 기업 외에는 직거래를 하지 않겠다는 것이 회사 방침인 것 같아요."

1년 동안의 노력이 한순간에 와르르 무너지는 기분이었다.

"조금이라도 주문을 받을 수 없을까요?"

이진범이 애원하듯 말했다.

"미안해요. 최선의 노력을 다했지만 담당 중역이 회사 방침이라고 고집하니 나도 어쩔 수 없어요."

웨인이 두 손을 들며 어깨를 으쓱해 보였다. 이진범은 고개를 떨구었다. 그를 가로막는 장벽은 언제나 보이지 않는 대기업의 중역들이었다. 약한 자, 힘없는 자의 슬픔이 거기에 있었다. 항상 보이지 않는, 볼 수도 없는 중역과의 싸움에서 이겨내야만 했다. 보이지 않는 적을 물리치거나 친구로 만드는 방법이 어디 없을까! 이진범은 자신이 너무나 무력하게 느껴졌다. 웨인의 다리를 잡고 엎드려서라도 도움을 청하고 싶은 마음이 굴뚝같았다.

"조금만 도와주세요. 나는 도움이 절실하게 필요한 사람이에요. 평생 동안 당신의 은혜를 잊지 않을게요."

이진범이 고개를 숙이며 말을 끝맺었다.

"미안해요. 나로선 최선을 다했으나 어쩔 수 없어요."

"더 낮은 가격으로, 일부분이나마, 아주 적은 양이라도 주문을 받을 수 없을까요? 시어스와 관계를 맺고 싶어서요."

그렇게 말하면서 그가 고개를 들었을 때 웨인의 강렬한 시선과 마주쳤다. 그 시선은 그가 이제껏 경험하지 못했던 경멸의 시선이었다. 비굴함을 경멸하는 외국인의 시선, 그 시선이 곧 그에게 체념을 가져다주었다. 그 체념은, 그가 과거에 여러 번 경험한 것이었다. 당연히 올 것이 왔다는 체념, 더이상 노력할 필요가 없다는 체념…… 씁쓸했으나 달콤한 맛도 있었다.

언제부터인가 자신이 체념을 저항 없이 받아들이는 정신상태에 젖어 있다는 것을 그는 깨달았다. 어쩌면 체념은 그에게 편안함을 가져다주었는지도 몰랐다. 가족에게 미안하다는 마음만 지울 수 있다면 체념도 나쁜 버릇만은 아닌 것 같았다.

"웨인, 여러 가지로 도와주셔서 그동안 고마웠어요. 다음번에 다시 기회가 있으면 최선을 다할게요."

이진범이 씁쓸한 미소를 지으며 말했다.

"너무 실망하지 마세요. 거대한 기업과 비즈니스를 하다 보면 이해 못 할 점이 많을 겁니다. 세상일은 모든 게 공평한 것이 아닌 것 같아요. 인생과 마찬가지로……."

"여하튼 고마워요."

이진범이 웨인에게 손을 내밀며 말했다.

"그럼 여기서 작별인사를 해야 할 것 같아요."

"언제 시카고를 떠나지요?"

"내일 아침 비행기가 예약되어 있어요."

"그럼 저녁이라도 같이할까요?"

웨인이 말했다.

"고마워요. 하지만 바쁠 텐데 괜찮아요. 가족과 좋은 시간 보내세요."

"엘리베이터까지 같이 가지요."

이진범이 앞서고 웨인이 뒤를 따랐다.

웨인과 작별인사를 나누고 이진범은 엘리베이터를 탔다. 1층에서 내린 이진범은 화장실로 들어갔다. 화장실에 들어선 그는 소변을 볼까 대변을 볼까 잠시 망설였다. 누군가 화장실에 들어오자 그와 눈길이 마주치는 것이 싫어 칸막이 문을 열고 들어갔다. 문을 잠그고 바지를 벗어내리고 변기 위에 앉자 마음이 편안해졌다. 외부와 차단된 좁은 공간, 아무도 없는 밀폐된 공간은 그의 마음을 안정시켜주는 것 같았다. 소변을 보는 사람들의 구두가 그의 눈에 비쳤다간 사라졌다. 그는 잠시 동안 안정된 마음을 유지하고 싶었다.

잠시 후 이진범은 세면기 앞에 서서 손을 씻으며 앞에 걸린 거울에 시선을 주지 않으려고 노력했다. 그는 자신의 모습을 보기가 무엇보다 싫어졌다. 보나마나 거울에 비친 자신의 모습은 패배자의 무력한 모습일 것이고, 눈동자에는 비굴함이 배어 있을 것 같아서였다.

세면기에서 돌아서 종이타월을 꺼내 손을 닦은 후 코가 답답해 종이타월로 코를 풀었다. 답답한 코가 확 뚫리는 듯하더니 종이타월에 벌겋게 코피가 묻어나왔다. 입술에 축축한 느낌이 들더니 바닥에 피가 뚝뚝 떨어졌다. 그는 종이타월을 더 꺼내 칸막이 문을 열고 들어갔다. 그러고는 변기 위에 앉아 코와 입에 묻은 코피를 닦았다. 엄지와 검지로 콧등을 누르며 코피가 멈추기를 기다렸다. 그는 갑자기 김영수 집 지하실의 아늑한 공간이 그리워졌다.

얼마 후 이진범은 시어스 빌딩을 나와 택시를 탔다. 호텔로 가는 길에 호수가 보이자 택시기사에게 그곳에 내려달라고 했다. 그는 미시간 호를 끼고 있는 도로의 인도를 따라 걷기 시작했다. 한 달 전까지만 해도 미시간 호에서 불어오는 시원한 바람이 그리워 그곳을 찾아온 수많은 사람들로 북적거렸을 호반은 지금은 그들로부터 버림을 당한 채 텅 비어 쓸쓸함만이 깊게 드리워져 있었다. 아니, 호반이 계절의 도움을 받아 성가신 군중

들을 쫓아냈다고 하는 것이 옳을지 몰랐다.

　이진범은 어깨를 축 늘어뜨리고 터벅터벅 걸으면서 호수의 수평선을 따라 시선을 옮겼다. 이진범은 잠시 걷기를 멈추고 호수를 마주 보고 섰다. 그는 잠시 망망한 대해를 보고 있다는 착각에 빠졌다. 그 순간 그의 마음은 조그마한 호수라도 큰 바다처럼 보일 만큼 위축되어 있었다.

　문득, 형형색색의 불그스름한 노을을 수평선 위로 낮게 드리우며 해가 모습을 살짝 감출 무렵의 한반도 서해안 어느 해변에서 본 수평선이 그의 머릿속에 또렷이 그려졌다. 그때 그가 본 해질 무렵의 수평선은 가족의 포근함, 젊음의 활력과 자신감, 장밋빛 미래를 담고 있었다. 그리고 그것은 자신과 아내와 어린 두 딸, 네 사람이 공유한 것이었기에 더 큰 의미를 지니고 있었다.

　아내와 두 딸 진희와 진미는 지금 무엇을 하고 있을까? 그는 마음속으로 물으며 얼른 손목시계를 보았다. 모두가 깊은 잠 속에 빠져 있을 시간이었다. 낮과 밤이 다른 지구의 양극에 가족이 떨어져서 살아야 하는 것이 운명이라면, 그것은 너무나 가혹한 운명인 것 같았다. 그러한 운명이 자신의 잘못에 대한 벌이라면, 그것은 또 너무나 불공평한 벌이었다. 자신에게는 어떠한 가혹한 벌을 주더라도 가족에게는 아무런 고통도 없어야 했다.

갑자기 가슴이 쪼개지는 아픔이 그에게 찾아왔다. 가족과 헤어져 고국을 등지기 한 달 전, 자매가 싸운다고 진희와 진미에게 손찌검을 한 일만 없었더라면! 한없는 후회가 그의 가슴을 짓눌러왔다.

언제나 가족이 다시 만날 수 있을까? 그는 미시간 호에서 불어오는 바람에게 물어보았다. 권혁배 의원 말로는 가족이 조만간 여권과 미국 비자를 받을 수 있을 것이라고 했으나, 그것은 자신을 위로하기 위한 말일 뿐 실현 가능성이 있다고는 믿어지지 않았다. 부도를 내고 미국으로 도망친 처지에, 증거 탈취죄로 검찰에 고발되어 수배 중인 자신에게 그런 행운을 기대할 수는 없었다.

자동차의 경적 소리에 깜짝 놀라 그는 걸음을 멈추었다. 횡단보도의 반대편 신호등에 빨간불이 켜진 것이 보였다. 보도에 올라서서 뒤를 돌아다보았다. 그 유명한 시카고 원통형 쌍둥이 빌딩이 상상했던 것보다 훨씬 작은 모습으로 나타났다. 빌딩 옆 운하 위에는 붉은색을 칠한 소방선이 유유히 지나가고 있었다. 신호등 불이 바뀌자 이진범은 길을 건넜다.

'라살 가(Lasall Street)'라는 표지판을 보며 이진범은 고

충빌딩 아래를 걸어나갔다. 왠지 포근한 느낌이 들었다. 시카고의 중심부에 밀집되어 있는 거대한 마천루 밑에서 진정한 자아를 의식하기에는 인간이 너무나 미미한 존재이기 때문일까? 그는 바삐 걸어가는 군중 속에 섞여 방금 전의 절망감에서 벗어나는 기분이 되었다. 어디로, 무슨 이유 때문에 가는지 자신도 몰랐다. 마천루 밑을, 군중 속을 무작정 걷고만 싶었다.

얼마 동안 아무 생각 없이 걸어가다가 이진범은 갑자기 그 자리에 섰다. 그는 천천히 고개를 뒤로 돌려 방금 지나쳐온 건물을 돌아다보았다. '고려정'이라고 한글로 표기된 간판을 물끄러미 보다가 몸이 빨려들어가듯 그쪽으로 가 문을 열고 식당 안으로 들어섰다. 김치 냄새가 물씬 풍겨왔다. 서울에서 이모와 같이 계시는 어머니의 모습이 떠오르면서 눈앞이 흐려졌다. 이런 빌어먹을! 하고 자신을 꾸짖었다. 그가 입속으로 지껄인 욕은 다행히 그를 감상에서 빠져나오게 하는 데 효과가 있었다.

아직 점심때가 되지 않아서인지 식당 안은 중앙에 있는 큰 테이블에 둘러앉아 있는 손님 외에는 비교적 한산한 편이었다. 이진범은 밖이 내다보이는 창을 마주 보며 2인용 테이블에 자리를 잡고 메뉴판을 본 후 웨이트리스를 찾으려고 뒤를 돌아다보았다. 웨이트리스에게 손짓을 하고 고개를 돌렸다가 다시 뒤를 돌아다보았다.

식당 중간에 있는, 아까 본 한 무리의 손님들 중 의자의 등받이 위로 세 여성의 머리 모양이 눈에 들어왔다. 짧은 머리를 한 여자의 양쪽에 앉아 있는 두 여자의 긴 머리 스타일이 눈에 익었다. 그는 덜컥 겁이 났다. 긴 머리 스타일이 그가 기억하고 있는 진미숙의 뒷모습과 너무나 닮았기 때문이었다.

다음 순간, 그들은 무슨 말을 나누는지 서로를 향해 옆으로 고개를 돌렸다. 가장자리에 앉은 두 여자는 다행히 진미숙이 아니었다. 그는 '후' 하고 안도의 숨을 내쉬었다. 사흘 전 권혁배 의원을 만나러 갔던 호텔 바에서도 어느 동양 여자의 뒷모습을 보고 진미숙이라 착각했던 사실이 상기되자 그는 얼굴이 화끈 달아오름을 느꼈다.

"뭐 드시겠어요?"

어느새 웨이트리스가 테이블에 다가와 물었다.

"김치찌개 주세요."

"음료수는 뭘 드시겠어요?"

"포도주 있어요? 폴 마송 포도주 있으면 한 잔만 주세요."

자신도 모르게 불쑥 내뱉은 말이었으나 그는 진미숙과

단둘이서 은밀히 나누던 포도주를 오랜만에 찾은 자신이 한심스럽게 느껴졌다. 그는 창밖으로 시선을 주며 그곳을 지나다니는 사람들을 멍하니 쳐다보았다. 모두가 뚜렷한 인생의 목표를 가지고 활발하게 사는 사람들 같았다. 그들이 몹시 부러워졌다.

"손님, 여기 폴 마송 포도주 가지고 왔어요."

여자의 목소리가 들려왔다. 고개를 들자 낯익은 여자가 거기 서 있었다. 전과 달리 짧은 커트 머리를 한 여자가 초롱초롱한 눈빛을 보내고 있었다. 바로 진미숙, 그녀가 포도주 잔을 두 개 들고 미소 짓고 있었다.

그 순간, 그 짧은 순간, 시간의 흐름이 정지된 순간, 잊어버렸던 모든 과거가 한 여자로 변신하여 그의 눈앞에 나타난 것 같았다. 그의 심장은 박동을 멈추었다.

"어떻게 여기에?"

이진범이 자리에서 반쯤 일어나며 얼떨떨한 표정을 지었다.

"미국 순회 공연 중이에요. 제가 연출을 한 작품으로. 앉아도 돼요?"

진미숙이 이진범의 앞자리에 앉았다.

"어떻게…… 지냈어?"

"잘 먹고 잘 자고 잘 입고……. 이 선생님은요?"

"나도 그럭저럭……."

"그럭저럭이라면 좋다는 거예요? 나쁘다는 거예요?"

전에 알던 진미숙과 전혀 다른 여자라는 느낌이 들 정도로 그녀의 말투에서는 발랄함이 엿보였다.

이진범은 대답 대신 미소만 지었다.

"헤어스타일은 왜 그렇게 했어?"

전과 달리 짧게 커트한 진미숙의 헤어스타일에 시선을 주며 이진범이 말했다.

"어때서요? 짧게 커트한 게 보기 싫어요? 미국에 와서 잘랐어요."

"아니 그런 게 아니고 다르게 보여서……."

"또 다른 점은 보이지 않아요?"

"……."

이진범은 어리둥절한 표정으로 진미숙의 얼굴을 살폈다. 예전과 달리 진미숙의 얼굴 화장이 진하다는 생각이 들었다.

"이거 보이지 않아요?"

진미숙이 왼쪽 손목을 내보였다. 전에 없던 흉터 자국이 있었다.

"내가 만든 흉터가 아니에요. 누가 만들었는지 아세요?"

이진범은 어리둥절했다. 그는 진미숙의 손목에서 눈을 떼어 그녀의 눈동자를 살폈다. 그녀의 눈은 야릇한 눈웃음을 간직하고 있었다.

"지나간 얘기는 관두고 건배해요. 재회를 축하하는 의미에서……."

진미숙이 포도주잔을 들었다.

"왜 그런 짓을 했어?"

이진범이 진미숙의 흉진 왼쪽 손목에서 눈을 떼지 않은 채 물었다.

"몰라서 물으세요?"

이진범의 시선이 진미숙의 시선과 마주쳤다. 그는 섬뜩한 기분이 들었다. 그가 기억하는 애수의 빛이 감도는 원래의 그녀의 눈빛이 아니라 어떤 잔인함이 깃들인 눈빛이었다.

"자, 그럼 우리 축배를 들어요."

진미숙이 입으로 포도주잔을 가져가며 말했다. 이진범이 잔을 잡자 진미숙이 '쨍' 하고 잔을 부딪쳐왔다. 두 잔에서 포도주가 테이블 위에 조금 쏟아졌다. 진미숙이 한 모금 마신 후 술잔을 잡고 어리둥절해 있는 이진범에게 다시 시선을 보냈다.

그녀의 눈이 이진범의 시선을 잡고서 왼쪽 손목 안쪽

을 드러내더니 그 위에 남은 포도주를 천천히 부었다. 아주 천천히, 그리고 그의 시선을 놓아주지 않으면서, 그녀는 술을 다 부은 후 술잔을 천천히 내려놓았다.

"포도주 고마워요. 포도주 값은 내가 내겠어요. 아버지가 미국으로 빼돌린 돈이니 아낌없이 써야 하잖아요?"

진미숙이 자리에서 일어나면서 말했다. 그리고 그녀는 일행이 앉아 있는 곳으로 두 발자국 옮기다 뒤돌아보며 이진범의 등에다 대고 말했다.

"한마디 충고드려도 돼요? ……건강을 위해서 좋은 포도주를 드세요. 폴 마송은 너무 싸구려예요."

길을 건너던 중 이진범은 요란한 자동차의 경적 소리에 고개를 오른쪽으로 돌렸다. 전속력으로 달려오는 자동차가 이진범의 눈앞에 확대되어왔다. 그러나 그는 그 자리에 우뚝 선 채 그를 향해 무섭게 다가오는 차만 응시하고 있었다. '끽—' 하는 소리가 그의 청각을 휘저어 놓으며 다가오는 차의 모습이 확대되어왔다.

바로 그의 앞에 급정거한 차에서 운전사가 내려 횡단

보도의 붉은 신호등을 가리키며 이진범의 어깨를 낚아챘다. 그는 욕지거리를 귓전으로 흘리며 횡단보도를 건너갔다.

이진범은 돌난간에 몸을 기댄 채 운하를 내려다보았다. 그는 초록빛을 띠는 운하 위 한곳에 시선을 묶어둔 채 움직일 줄 몰랐다. '뚜—' 하는 기적 소리를 내는 긴 바지선이 운하를 두 갈래로 가르며 그가 서 있는 옆쪽으로 지나갔다. 바지선 뒤꽁무니에서 치솟는 물거품을 따라 시선을 옮기며, 그는 순식간에 1년 반 전의 과거로 거슬러올라가 한국을 떠나던 날 새벽을 떠올렸다.

동시에 1년 반 전 한국을 떠나던 전날 백인홍을 통해 권혁배에게 전한 편지 내용이 이진범의 머릿속에 또렷하게 떠올랐다.

'권 의원이 부탁한 진 사장의 약점을 발견했다. ……진 회장이 외동딸 진미숙 명의로 된 미국 은행의 계좌에 거액의 외화를 빼돌리고 있다고 한다.'

그렇다. 바로 그것이었다. 이진범은 돌난간에 기댄 몸을 뒤로 젖히며 '아' 하고 탄성을 내질렀다. 권 의원이 캐낸 진 회장의 비리를 내가 알려주었다는 사실을 미숙이 알아냈구나. 뿐만 아니라 그런 비리 사실을 내가 고의적으로 자신을 통해 알아냈다고 오해하고 있구나.

그는 손바닥으로 돌난간을 내리쳤다. 짓이겨진 손바닥 살갗 사이로 피가 방울방울 새어나왔다. 피로 뒤범벅이 된 자신의 손바닥을 보니 이제 엉망이 되어버린 자신의 과거를 보는 듯한 착각이 들었다.

그래도 미숙과의 과거는 아름다운 추억으로 남으리라 생각했는데…… 그래도 그녀와의 추억은 가슴속 깊이 아련한 추억으로 남아, 추억이 필요한 노년이 찾아오면 나의 가슴을 훈훈하게 해주리라 믿었었는데……. 그는 돌난간을 따라 고개를 푹 숙인 채 걸어나갔다. 잠시 후 그는 지나가는 택시를 잡아탔다.

이진범이 묵고 있는 호텔의 로비 옆에 위치한 바 안은 바 특유의 초저녁 분위기가 지배하고 있었다. 컴컴한 불빛 아래의 한가함 속에 외로움만이 도사리고 있었다. 그는 벌써 일곱 잔의 진토닉을 마신 상태였고, 여덟 잔째의 진토닉을 입으로 가져가고 있었다. 처음 두 잔은 그를 괴롭혔고, 다음 두 잔은 그를 우울하게 했으며, 그다음 두 잔은 그에게 망각을 가져다주었고…… 마지막 한 잔이 끝나면서 그는 기분이 좋아졌다. 이진범은 입에 대었던 빈 잔을 카운터에 내려놓았다.

"진토닉 한 잔 더!"

이진범이 팔뚝에 요란한 여자 나신의 문신을 새긴 덩치 큰 흑인 바텐더에게 카운터 너머로 말했다.

"벌써 많이 취한 것 같은데요."

이진범 앞에 놓인 빈 잔을 들며 바텐더가 주춤거렸다.

"걱정 마시오. 바로 이 호텔에 묵고 있소."

이진범이 10달러짜리 지폐를 꺼내놓으며 옆으로 고개를 돌렸다. 조금 떨어진 옆자리에 위스키 잔과 맥주잔을 앞에 놓고 있는 백인 늙은이가 이가 빠진 잇몸을 드러내며 씩 웃었다.

"재패니즈?"

늙은이가 대화할 사람이 생겨 반갑다는 듯이 말을 걸어왔다.

"코리안."

이진범이 마지못해 대답해주었다.

"아, 코리안! 세오울 올림픽……."

늙은이가 주절대기 시작하자 이진범은 대꾸하기가 귀찮아져서 반대 방향으로 고개를 돌렸다. 이진범과 조금 거리를 둔 자리에, 금발 가발을 쓰고 요란한 화장을 하고 앉아 있는 중년의 백인 여자가 한쪽 눈을 찡긋 감아 보였다.

그는 상체를 비스듬히 돌려 등 뒤쪽으로 시선을 보냈

202

다. 초저녁인데도 한밤중처럼 컴컴한 바의 벽 쪽으로 붙어 있는 테이블에 띄엄띄엄 앉아 있는 늙은이들이 눈에 들어왔다. 모두가 술잔을 앞에 두고 있었으나 초상집에 온 사람들처럼 입을 다물고 있었다.

그때 그는 허름한 바의 실내 분위기가 풍기는 묘한 냄새를 맡았다. 썩은 식초 냄새 같다고나 할까? 그것은 풍요 속의 오만함의 냄새도 아니고, 빈곤 속의 고통의 냄새도 아니었다. 그것은 외로움만이 풍길 수 있는 시큼한 냄새였다.

그 순간 그는 깨달았다. 사람들의 영혼을 좀먹고 있는 것은 다름 아니라 외로움이라는 것을! 외로움은 잔인한 무법자, 외로움은 불치의 전염병, 외로움은 찐득찐득한 장마철 날씨, 그리고 외로움은 지독한 느림보…… 이진범은 외로움에서 벗어나고 싶었다.

바텐더가 진토닉 잔을 이진범 앞에 내려놓았다.

"벌써 열 잔째요. 더 마시면 병원으로 직행해야 될 테니 이게 마지막 잔인 줄 아시오."

바텐더가 이진범에게 다정하게 말하고는 10달러짜리 지폐를 집은 후 계산대 쪽으로 갔다.

"여기 두 사람에게도 한 잔씩 주시오."

이진범이 바텐더의 등에다 대고 말했다.

바텐더가 이진범의 의사를 확인하기 위해서인지 힐끔 돌아보았다. 이진범은 고개를 끄덕였다. 곧이어 백인 여자와 이 빠진 백인 늙은이가 이진범 바로 옆으로 옮겨 앉았다.

"서울에서 왔어요?"

백인 여자가 지저분한 미소를 지으며 물었다.

"서울 얘기는 하지 맙시다."

이진범이 미소 속에 말했다.

"가족이 여기 있나요?"

"가족 얘기도 하지 맙시다."

"그럼 사랑 얘기를?"

백인 여자가 한쪽 눈을 찡긋해 보이며 말했다.

"아니, 미움 얘기를 합시다."

이진범이 진지하게 말하자 백인 여자가 의아해하는 표정을 지었다.

"누굴 미워하오?"

늙은이가 대화에 끼어들었다.

"……외로움을. 우리 모두의 적은 외로움이오."

이진범이 뒤돌아보며 말했다.

"나의 적은 빨갱이요."

늙은이의 합죽이 입에 힘이 들어갔다.

"나는 빨갱이든 아니든 잘생긴 남자면 누구든 좋아해
요."

백인 여자가 말했다.

"그러니까 늙은 창녀지."

늙은이가 쏘아주었다.

"이 더러운 늙은 쓰레기가!"

백인 여자가 늙은이에게 대들었다. 이진범이 자리에서
일어나 두 사람을 말렸다.

"싸우지 맙시다. 싸우기 위해 이곳에 온 게 아니잖소."

그때 바텐더가 술잔을 두 개 들고 왔다.

"싸우려면 밖에 나가서 싸워."

바텐더가 험상궂은 인상을 지어 보이며 두 사람을 윽
박질렀다. 이진범을 가운데 두고 두 사람은 다시 자리에
앉았다. 이진범이 창녀라고 불린 백인 여자 쪽으로 고개
를 돌렸다.

"당신 창녀요?"

이진범이 굳은 혀로 묻자 백인 여자가 눈을 동그랗게
떴다.

"솔직히 말해줘요. 당신이 창녀요?"

이진범이 다시 물었다.

"당신이 사랑을 원한다면 내가 상대해줄 수는 있지."

백인 여자가 속삭였다.

"내게 지금 무엇보다 필요한 것은 사랑이오. 위층 내 방으로 갑시다. 나는 당신의 사랑을 원하고 있소."

이진범이 나직이 속삭이자 여자가 미소 지으며 고개를 끄덕였다. 이진범이 자리에서 일어나자 여자가 따라 일어났다. 늙은이 옆을 지나며, '이 더러운 늙은 쓰레기!'라고 말했고, 늙은이가 거기에 질세라 '이 더러운 늙은 창녀!'라고 소리쳤다. 그들 두 사람은 바의 문을 나섰다.

몸을 가누지 못하는 이진범을 부축하며 여자는 힘들게 층계를 올라갔다. 2층 복도에 올라서자 여자가 그녀에게 기대고 있는 이진범에게 손을 벌렸다. 이진범은 주머니에서 돈을 꺼내 여자 앞에 내밀었다. 여자는 이진범의 손에서 돈을 집어 그중 50달러짜리 한 장과 20달러짜리 두 장을 핸드백에 넣고 나머지를 이진범 주머니에 다시 넣어주었다.

방 안에 들어가 윗도리를 벗고 넥타이를 풀고 와이셔츠 단추를 끄르던 이진범은 취기를 이기지 못하고 비틀거리며 그 자리에 주저앉았다. 이미 브래지어와 팬티 차림이 된 여자가 그의 앞에 꿇어앉아 이진범의 와이셔츠 단추를 마저 끄르기 시작했다.

여자는 나체가 된 이진범을 일으켜 세워 침대에 눕혔

다. 그리고 난 후 브래지어를 풀고 팬티를 벗었다. 여자의 나신에 이진범의 시선이 갔다. 세월의 잔인함이 뚜렷이 새겨진 여자의 나신이 싫지 않았다. 싫기는커녕 여자의 나신에서 어떤 포근함을 느낄 수 있었다.

여자가 천장을 향해 누워 있는 이진범을 애무하려 들었다.

"나를 네 가슴에 포근하게 안아만 줄 수 있어?"

창녀에게 상체를 일으키며 이진범이 말했다. 창녀가 어리둥절해하자 이진범이 다시 말했다.

"거짓이라도 좋아. 나를 사랑하는 것처럼 포근하게 안아만 줘."

창녀는 미소 지으며 이진범을 자신의 품속에 안아주었고, 이진범은 그녀의 품속에서 그가 원하던 것을 찾았다. 그것은 동정심이었다.

7. 여자의 마음 : 진미숙

– 상처만 남긴 옛사랑의 기억을 애써 지우려는 진미숙.
– 셰익스피어의 「오셀로」는 오셀로의 질투보다 이아고의 시기를 다룬 이야기로
  볼 수 있다. 하지만 질투는 세 사람 간의 관계이고, 시기는 두 사람 간의 관계
  라는 사실만 다를 뿐 둘 다 증오심의 가지인 것 같다. 여기서 질투는 인간의
  본성이고, 사랑을 계량화하는 좋은 척도이므로 나쁜 것만은 아니다.
– 작품은 작가의 고백이다. 고백은 불완전한 언어를 사용하기 때문에 하나의 작
  품은 완벽할 수 없다. 그나마 완벽에 가장 가까운 작품을 들자면 톨스토이의
  『안나 카레니나』 정도일 것이다. 진미숙을 포함한 어떤 여자도 '안나 카레리
  나'가 될 수 있음을 증명했기 때문이다.

"대본 가지고 있지?"

공연을 끝마치고 호텔로 가는 차 속에서 진미숙은 창
밖으로 보내던 시선을 거두며 옆에 있는 박정희 역을 맡
은 배우 송명세에게 물었다.

"네, 여기 있어요."

송명세가 바지 뒷주머니에서 대본을 꺼냈다.

"'이 야비한 이아고야!' 하는 부분을 찾아주겠어?"

"왜 갑자기 셰익스피어의 '이아고'를 찾으세요?"

"오늘 점심때 '이아고'를 만났거든……."

송명세가 의아해하며 대본의 한 페이지를 펼쳐 진미숙

에게 건네주었다. 진미숙이 〈박정희의 죽음〉을 읽기 시
작했다.

남산이 보이는구나. 남산 기슭을 돌아 육군본부 영내로
들어가는 내 차가 보이는구나. 뒷좌석에 앉아 있는 정보
부장과 참모총장이 보인다.

정 총장! 옆에 있는 자의 어리석음을 잘 보아두어라. 늙
은이의 어리석음은 늙은이의 성욕이 주책없듯이 자기
분수를 망각하게 하고, 아첨에 귀를 기울이게 하며, 강
한 자의 유혹에 쉽게 빠지게 하는 마력을 지니게 마련
이다. 그자는 지금 치즈 냄새를 풍기는 '이아고'의 비열
한 거짓말에 넋이 빠져 조국의 자존심과, 민족중흥을 가
져다줄, '핵(核)'이라 이름 지어질 뱃속의 생명을 목졸라
죽인 줄도 모르고 있다.

정 총장! 약삭빠른 코쟁이들의 변덕에 놀아날 우리의 후
손들을 상상해보았느냐? 악랄한 쪽발이들의 횡포에 속
수무책인 우리 후손들의 모습을 그려보았느냐? 지금부
터 1년 반 후면 세상에 얼굴을 내밀 '핵'이라는 옥동자,
그 아이는 코쟁이들을 정직하게 만들고, 쪽발이들이 아
첨하게 만들 거다. 점잖은 코쟁이들과 벌벌 떠는 쪽발이
들이 우리의 후손들이 상대할 사람들이어야 한다!

아! 이제는 이 모든 것이 허사가 되었구나. '이아고'의
달콤한 말에 넘어간 늙은이의 어리석음 때문에.
"이 야비한 이아고야!"

진미숙이 읽던 대본을 덮어 송명세에게 건네주면서
'이 야비한 이아고야!' 하고 나직이 뇌까렸다.
"미국이 핵무기를 개발하려는 박정희를 제거하려고 정
보부장을 사주했다는 것이 사실일까요?"
송명세가 물었다.
"나도 모르겠어. 원작자는 그렇게 생각하는 것 같아."
진미숙은 다시 창밖으로 시선을 보내며 오른손 손가락
으로 왼손 손목의 흉터를 만지작거렸다. 무슨 생각이 떠
올랐는지 갑자기 그녀의 얼굴이 밝아졌다.
"무슨 좋은 일이 있으세요?"
송명세가 진미숙의 얼굴을 살피며 물었다.
"있지. 이제는 징그러워하면서도 내 몸에 지녀왔던 것
을 지워버릴 수 있게 되었어."
진미숙이 환한 미소 속에 말했다.
"그게 뭔데요?"
"이 흉터."
진미숙이 왼쪽 손목을 내보였다. 송명세는 그런 진미

숙의 행동에 어리둥절한 표정을 지었다.

"오늘 만났다는 이아고 때문이에요?"

송명세가 물었다.

"맞아. 이아고에게 보였으니 이젠 지니고 있을 필요가 없어졌어."

송명세는 머리를 저었고, 진미숙은 달콤한 미소를 입가에 머금었다.

택시가 호텔 앞에 도착하자 그녀는 무슨 바쁜 일이 있는 사람처럼 서둘렀다. 택시에서 내려 로비를 가로질러가 엘리베이터를 탔다. 12층에서 내려 뛰다시피 복도를 걸어가 방문을 열었다. 트렌치코트와 어깨에 멘 백을 팽개치듯 침대 위에 던져버리고는 침대 모서리에 걸터앉아 수화기를 들고 버튼을 눌렀다.

"이현식 지점장님 계세요? ……진미숙이라고 전해주세요."

진미숙은 기다리는 사이, 자신의 왼쪽 손목에 시선을 주었다.

"이현식입니다."

잠시 후 이현식의 목소리가 들려왔다.

"이 지점장님, 전번에 말씀하신 성형수술 있지요. 다음 주에 하고 싶어요. UCLA 병원에 예약을 잡아주세요."

"그렇게 하지요."

"제 동생이 아직 거기에 있나요?"

"진 차장은 떠났는데요. 아마 지금쯤 시카고로 가는 비행기 안에 있을 겁니다."

"알았어요. 그럼 안녕히 계세요. 다음 주에 뵐게요."

진미숙은 수화기를 놓으면서 미소를 지었다. 그녀는 왼쪽 손목의 흉터를 물끄러미 들여다보다가 눈을 감곤 오른쪽 손가락으로 살며시 더듬었다. 짜릿한 쾌감이 등골을 따라 흘러내려갔다. 마음에 안 들지만 어떤 중요한 의미 때문에 항상 몸에 지녀야 하는 액세서리처럼, 그녀는 일부러 흉터를 수술하지 않은 채 1년 넘게 고스란히 지녀왔었다. 그동안 그 흉터는 그녀를 위해 외로워질 때면 외로움을 희석시키고, 슬퍼질 때면 슬픔을 잊게 하는 마력을 지닌 부적 역할을 충실히 해주었던 것이다.

그녀는 침대 모서리에서 일어나 창가로 가 커튼을 열어젖혔다. 환한 달빛에 윤곽을 드러낸 시카고의 스카이라인은 밤이 깊어지면서 꿈틀꿈틀 살아 움직일 듯이 보였다. 문득 해가 지면서 관 속에서 서서히 일어나는 흡혈귀가 그녀의 머릿속에 그려졌다.

그랬다. 정말로 그랬다. 지난 1년 동안, 정확히 1년 20

일 동안 그녀는 흡혈귀처럼 해가 지면 자리에서 일어나 밤거리를 헤매고 다녔다. 때로는 젊은 남자의 품속을 전전하면서, 때로는 술에 취해 인사불성인 채 망각의 숲을 찾아다니면서.

약아빠진 남자의 얼굴이 스카이라인을 배경으로 창문에 언뜻 비쳤다가 사라졌다. 내 손목 흉터를 보고 그자가 어떤 표정을 지었더라? 그녀는 이진범의 표정을 떠올리려고 노력했다. 겁이 난 표정? 징그럽다는 표정? 어떤 표정이든 이제는 상관없는 일. 언젠가 때가 오면, 그때가 언제가 될지는 모르지만, 그자 앞에 나서서 떳떳하게 말하리라고 그녀는 속으로 중얼거렸다. 너는, 이진범 너는, 나에게 죽음을 두려워하지 않는 용기를 주었노라고.

진미숙은 창가에서 떨어져나와 수화기를 들었다. 세 자리 숫자의 호텔 구내 전화번호를 눌렀다.

"헬로."

젊은 남자의 목소리가 들려왔다.

"송 후배님, 나야. 오늘 저녁 내가 한잔 살게."

진미숙이 미소 속에 말했다.

"시카고에 있는 친구와 저녁을 같이하기로 했는데요."

"취소해. 선배가 명령하는 거야."

장난기가 섞인 명령 투의 어조로 그녀가 말했다.

"……."

"여자친구라면 몰라도 남자친구라면 취소해."

"남자친구예요."

"오케이. 그럼 30분 후 10시에 호텔 바에서부터 시작하지."

"알았어요."

송명세의 목소리에는 귀찮아하는 음색이 뚜렷했으나 진미숙은 개의치 않았다.

진미숙은 수화기를 내려놓고 윗옷을 훨훨 벗어 침대 위에 던졌다. 브래지어와 팬티만 입은 상태에서 창문 쪽으로 고개를 돌렸다. 창문에 희미하게 비친 자신의 나신에 그녀의 시선이 머물렀다. 며칠 전 송명세가 침대 위에서 했던, '선배님은 결혼도 해보지 않은 처녀 몸 같아요'라는 말이 다시 들려왔다. 물론 사탕발림이라는 것을 그녀가 모르는 바 아니지만 그녀는 그런 말을 좋아했고, 또 지금은 어느 때보다 그런 따뜻한 위안의 말이 필요했다.

지난 1년 동안 자신의 육체가 비참할 정도로 허물어졌

다는 것은 누구보다 그녀 자신이 잘 알고 있었고, 그렇
게 허물어진 자신의 육체는 앞으로 송명세와 같은 젊은
남자의 보살핌을 더욱더 갈구하리라는 것도 그녀는 알고
있었다. 말라서 갈라지는 대지가 빗줄기를 갈구하듯이,
아니 시들어가는 난초가 한 줄기의 햇살을 간절히 원하
듯이…… 그녀는 쓸쓸한 미소를 지었다.

그녀는 송명세한테서 기대하던 모든 것을 얻었다고
생각했다. 자신의 망각, 절정의 흐느낌, 기분 좋은 나른
함…… 그리고 거기에는 과거와 같은 겸손과 부끄러움이
없었고, 후회가 따르지 않았다. 뒤따라 찾아오는 것은 오
로지 공허함뿐이고, 그 공허함은 시간이 흐르면서 자학
으로 바뀌어 또다시 남자의 품속을 갈구하게 되고…….

진미숙은 욕실 문을 열고 들어섰다. 샤워기 밑에 서서
뜨거운 물을 머리부터 뒤집어썼다. 두 손을 자신의 가슴
으로 가져갔다. 그녀는 형체를 드러내지 않은 어느 남자
의 손이 자신의 가슴을 애무하고 있다는 환각을 느꼈다.
그녀의 두 손이 가슴에서 배 쪽으로 옮겨지면서 그녀는
두 발을 벌렸다. 곧이어 그녀의 손이 두 다리 사이 은밀
한 곳으로 움직였다. 순간 어느 남자의 형상이 희미하게
드러나기 시작했다. 그녀는 그곳에서 얼른 손을 떼었다.
그녀의 몸이 분노로 떨었다. 이진범의 모습이 그녀의 머

릿속에 떠올랐기 때문이었다.

진미숙은 어떤 소리를 들으려고 필사의 노력을 하고 있었다. 오빠 성구가 한 말이었다. 다행히 오빠가 한 말이 물줄기 사이를 비집고 들려오기 시작했다.

'너는 미친년이야. 너는 어리석은 년이야. 이진범이 너를 진짜 좋아하는 줄 알아? 너를 노리갯감으로 가지고 논 것뿐이야. 그것뿐인 줄 알아?'

그녀가 원하던 소리가 막상 들려오자 그녀는 괴로움을 견딜 수 없어 손으로 두 귀를 막았다. 그러나 들려오는 소리를 차단할 수는 없었다.

'이진범이 아버지 비리를 찾아내려고 너를 이용한 거야. 권혁배 의원이 어제 공갈을 쳤어. 아버지의 외화 도피 비리를 알고 있다고 말야. 이진범한테 들었대. 네 입에서 나온 소리를 이진범이 권 의원에게 알려준 거야. 너는 창녀보다 못해.'

진미숙은 무엇에 쫓기는 사람처럼 샤워기 밑에서 후다닥 빠져나와 타월로 얼굴을 감쌌다. 그녀는 욕실 바닥에 주저앉았다. 잠시 후 그녀의 어깨가 천천히 흔들리더니 복받친 울음소리가 얼굴을 감싼 타월 밖으로 새어나왔다. 샤워기에서 내뿜는 물이 그대로 쏟아져 내리고 있었고, 욕실 바닥에 주저앉은 그녀의 어깨는 계속 흔들렸다.

한 시간쯤 후, 호텔 바에 들어서는 진미숙은 환한 미소를 짓고 있었다. 그러나 그녀의 미소도, 그녀의 짙은 화장도 금세 잠에서 깬 듯한 푸석푸석한 얼굴과 부은 눈자위를 가리진 못했다.

"늦어서 미안해."

호텔 바 구석 자리에서 일어서는 송명세에게 다가가며 진미숙이 미소 속에 말했다.

"너무 오래 샤워를 했더니 깜박 잠이 들어버렸어."

진미숙이 자리에 앉았다.

"눈이 부었네요."

송명세가 진미숙을 보며 말했다.

"밤낮이 바뀌어서 그럴 거야."

"뭐 드시겠어요?"

"마티니. 드라이 더블 마티니."

송명세가 손짓으로 웨이터를 불러 술을 주문했다.

"선배님은 내가 아는 여자 중에 술이 제일 셀 거예요."

"미스터 송이 아는 여자 중에 성욕이 가장 강한 여자는 아니고?"

"거의 비슷해요."

진미숙이 소리내어 웃었고, 송명세는 미소 지었다. 더블 마티니와 스카치 소다가 테이블 위에 놓이자 두 사람은 잔을 들어 부딪쳤다.

"공연의 성공을 위해!"

송명세가 말했다.

"아니, 시카고의 밤을 위해!"

진미숙이 말했다.

첫 번째와 두 번째 잔을 마시면서 그들은 공연에 대하여 진지하게 대화를 나누었고, 세 번째 잔을 들고부터는 단원들의 흉을 보며 웃었다. 네 번째 잔을 비웠을 때는 둘 사이에 갑갑한 침묵이 찾아왔다. 진미숙은 다섯 번째 술잔이 침묵을 쫓아버리기를 희망하며 술을 다시 주문했다.

진미숙이 다섯 번째 마티니를 드는 순간 남자의 시선이 여자의 왼쪽 손목 안쪽에 머물렀다가는 피해갔다. 마티니 잔을 반쯤 비운 후 진미숙이 왼쪽 손목을 송명세 앞에 내밀었다. 그녀의 눈동자가 풀어져 있었다.

"이거 무슨 흉터인지 알지?"

진미숙이 혀가 꼬부라진 소리로 물었다.

"……."

"1년 전에 자살을 하려고 했어. 그것도 성공하지 못해 이렇게 살아 있지만. 왜 자살하려고 했는지 궁금하지?"

"별로요."

"미스터 송은 솔직하지가 못해. 잠자리를 같이하면서

도 궁금하지 않았어?"

"궁금하긴 했지만 과거의 상처를 들춰서 괴로움을 주기 싫어서요."

"다음 주에 수술을 하면 흉터 자국이 없어질 거야. 그러니 없어지기 전에 궁금증을 풀어주지."

"그러실 필요 없어요."

송명세의 거절에도 아랑곳없이 진미숙은 고집스럽게 얘기하기 시작했다.

"나는 어떤 남자에게 배신을 당했어. 미스터 송은 사랑하는 사람에게 배신을 당해봤어? 그것은 분노야. 상대방보다 자기 자신을 향한 참을 수 없는 분노야. 자신을 죽이지 않고는 그냥 두고 볼 수 없을 정도의 분노야."

진미숙이 앞에 놓인 술잔을 비우고 웨이터에게 손짓을 했다.

"선배님, 많이 취했으니 이젠 들어가시지요."

송명세가 자리에서 일어나는 시늉을 하며 말했다.

"아니야, 내 얘기 다 들어봐. 나는 그런 나를 죽이려 들었어. 욕실에서 날카로운 면도칼로 손목을 그었을 때……."

송명세의 말은 아랑곳하지 않고 진미숙은 오른손으로 왼쪽 손목을 긋는 시늉을 했다. 그런 다음 그녀는 고개를 뒤로 젖혔다.

"짜릿한 해방감이 찾아왔어."

진미숙이 고개를 뒤로 젖힌 채로 잠시 침묵을 지켰다
가 다시 입을 열었다.

"피가 흐르면서, 더러운 피가 내 몸을 빠져나가면서,
나는 해방되었어. 나를 옥죄고 있었던 모든 올무로부터."

진미숙은 눈을 뜨고 오른손으로 천천히 허공에 선을
그었다.

"그러고는 거대한 초원이 눈앞에 나타났어. 나는 그
속을 뛰어가면서 마음의 평온함을 맛보았어. 말로는 형
용할 수 없는 평화, 오로지 가슴으로만 느낄 수 있는 평
안함."

진미숙이 회상에 잠긴 듯 고개를 뒤로 하고 침묵을 지
켰다가 다시 고개를 똑바로 했다.

"그런데 말이야, 그런데 말이야. 무슨 소리가 들려왔
어. 아들이 나한테 욕실에서 나오라고 명령하고 있었어.
그 순간 나는 죽을 권리조차 없다는 것을 깨달았어. 있
는 힘을 다해 기어가 거실의 전화기를 낚아챘지."

진미숙이 테이블 모서리에 이마를 대었다.

"그만 일어나시지요."

"아니야, 지금부터가 중요해."

진미숙이 고개를 들었다.

"나는 소리쳤지. 살려주세요, 제발 살려주세요, 꼭 살아야 돼요, 하고 말이야. 그래서 나는 살아났어. 그러던 어느 날 누군가가 익명으로 대본을 보내왔어. 바로 〈박정희의 죽음〉이야. 나는 할 일을 찾은 거지. 그래서 지금의 후배님을 만나게 된 거고…… 그러니 우리의 만남이 운명이랄 수밖에……. 후배님은 그렇게 생각하지 않아?"

"글쎄요……."

송명세가 어정쩡한 미소를 지으며 말했다.

"후배님은 틀렸어. 너무 박력이 없단 말이야."

진미숙이 말을 끝내자마자 테이블 위에 쓰러졌다.

웨이터가 오자 송명세는 고개를 저었다. 계산을 한 후 진미숙의 뒤로 가 그녀를 일으켜 세웠다. 그는 진미숙의 팔짱을 끼고 바를 나와 엘리베이터를 탔다. 엘리베이터 안에서 진미숙이 몸을 가누지 못해 비틀거렸다. 동승한 다른 사람들이 진미숙을 보며 얼굴을 찡그렸다.

엘리베이터가 섰다. 송명세는 진미숙을 부축한 채로 복도를 걸어가 그녀 방문 앞에 섰다. 그녀의 백에서 열쇠를 꺼내 문을 열고 방 안으로 들어갔다. 송명세가 그녀의 윗옷을 벗기고 침대 위에 똑바로 눕혔다. 시트를 목까지 덮어주고 일어나는 송명세의 목덜미를 진미숙이 두 팔로 껴안았다.

"가면 안 돼. 나 혼자 두고 가면 안 돼."

진미숙이 눈을 감은 채 말했다. 송명세는 자신의 목을 잡은 진미숙의 팔을 풀려고 했으나 오히려 그녀의 팔 힘에 이끌려 얼굴을 맞대고 말았다. 그녀는 여전히 눈을 감은 채 그의 입술을 뺨에 갖다대며 말했다.

"내 뺨에 키스해줘."

그다음에 그녀는 그의 입술을 자신의 목덜미로 옮기며 말했다.

"내 목에도 키스해줘."

그러고 나서 그녀는 그의 목덜미를 잡은 두 팔을 침대 위에 내팽개치듯 내려놓으며 울부짖었다.

"제발 모든 것을 잊게 해줘."

뭐를 잊게 해달란 말이야? 송명세는 묻고 싶은 심정이었다.

"제발…… 제발…… 그를 잊게 해줘."

그녀가 다시 소리쳤다.

송명세는 일어나 문 쪽으로 갔다. 그가 문을 닫기 전 그는 여자의 울음소리를 들었다. 그는 '후' 하고 안도의 숨을 내쉬며 고개를 절레절레 흔들었다.

진미숙이 마침내 잠이 들었을 때 같은 도시의 다른 한 곳에 위치한 싸구려 삼류호텔 방의 침대 위에서 잠들어 있던 이진범은 눈을 번쩍 떴다. 그는 어딘가 아주 먼 곳에 갔다 온 느낌이 들었다. 곧 골이 빠개지는 것 같은 두통과 목이 타는 듯한 갈증이 찾아왔다. 그러나 왠지 그의 마음은 인적이 없는 평화로운 깊은 산골짜기에 오랫동안 있다가 온 듯 차분해져 있었다. 오랜만에 느껴본 편안함이었다. 그는 그런 자세 그대로 누워 있고 싶었다. 몸속에 지니고 있는 정신을 혼탁하게 만들던 욕망이 해소되었기 때문에 다시 맑은 정신을 가질 수 있게 된 것이라고 믿고 싶었다.

그는 가만히 누운 채 눈을 돌려 침대의 옆자리를 보았다. 방금 전까지 그곳에 있었던 늙은 창녀가 그의 머릿속에 떠올랐다. 푹 꺼진 베개에 밴 그녀 머리의 시큼한 땀 냄새가 그의 후각을 자극했다. 그 냄새가 싫지 않았다.

이어서 시트 속에 감추어져 있는 자신의 벌거벗은 육체를 떠올렸다. 땀으로 뒤범벅이 된 자신의 나신이 방금 전 정사를 벌인 창녀의 체취를 그대로 담고 있으리라는 생각이 들자 그는 마음이 흐뭇해졌다. 얼마 만인가? 격

정적이며 동물적인 성교를 한 다음 찾아오는 육체의 노곤함은 항상 차분한 마음을 가져다준다는 것을 다시 느낀 것이 과연 얼마 만인가?

그는 옆자리로 몸을 옮겼다. 시트를 머리 위에 뒤집어썼다. 그는 방금 전 그곳에 있었던 창녀에게 고마운 마음이었다. 그는 그 안에서 늙은 창녀의 체취를 폐부 깊숙이 들이마셨다. 그의 기억 속에서 아직도 꿈틀거리고 있는 진미숙의 체취가 늙은 창녀의 체취로 바뀌기를 그는 바랐다. 자만심이 겸손함으로 대체되기를 바랐다.

자기 자신에게 자만심은 진미숙이고, 겸손함은 늙은 창녀였다. 이제 자신이 상대해야 할 여자는 처음 보는 늙은 창녀이고, 자신에게 필요한 사랑은 상대방을 생각지 않고 벌이는 일방적이며 동물적인 성교 행위일 것이리라.

이진범은 침대에서 상체를 일으키며 주위를 둘러보았다. 창문을 통해 들어온 거리의 불빛이 싸구려 삼류호텔 방을 차츰 드러내주었다. 담뱃불 자국이 있는 더럽고 낡은 카펫과 침대 옆에 놓인 모서리가 깨진 탁자가, 낡은 옷장과 옷장 옆에 있는 세면대와 잘 어울렸다.

세면대가 시야에 들어오자 그는 다시 심한 갈증을 느

졌다. 그는 침대에서 벌떡 일어나 벌거벗은 채 세면대로
가 수도꼭지에 입을 대고 수돗물을 틀었다. 한참 동안
꿀꺽꿀꺽 물을 마신 후 한 발짝 옮기는 순간 울컥 하고
속에서 이물질이 치밀어왔다. 그는 다시 세면대로 가 미
친 듯 토하기 시작했다.

잠시 후 속을 진정시킨 그는 속옷만 입은 채 창가에
서서 호텔 아래층을 비스듬히 내려다보았다. 'BAR'라고
쓰인 붉은 네온사인이 번쩍번쩍 명멸하는 곳 아래로 바
문이 열리고 취객이 비틀거리며 나오고 있었다. 그자를
따라 시선을 옮기자, 방금 전 같이 있었던 늙은 창녀가
길가에 서서 담배를 피우고 있었다.

창녀가 취객에게 말을 붙이는 모습이 보였다. 어깨를
꾸부정하게 구부리고 아래만 내려다보며 가던 취객이 손
을 흔들어 거부 의사를 표시하는 것 같았다. 창녀가 취
객을 따라가 팔짱을 끼자 취객이 창녀의 팔을 확 뿌리쳤
다. 취객의 매정함이 야속했다.

웽웽 소리를 내며 경찰차가 쏜살같이 거의 텅 빈 거리
를 달려나갔다. 경찰차 소리가 멀어지자 옆방에서 나는
텔레비전 소리가 들려왔다. 또 다른 경찰차가 괴성을 내
며 뒤따라왔다.

어제 이곳 호텔방에 들어서면서 내려다본 정경과 다른

것이 없었다. 그러나 지금 보는 거리는 어제와는 전혀 달랐다. 이 거리가 정답게 느껴지는 이유는 무엇일까? 이런 질문이 그의 마음속에 자리 잡기도 전에 금방 답이 떠올랐다. 길거리에 서서 담배를 피워 물고 있는 창녀의 모습이 그 거리를 아늑하게 보이게 했음이 틀림없었다.

이진범은 창문을 열고 창녀를 향해 '잘돼가나?'라고 소리치며, 창밖으로 손을 흔들었다.

"그런대로 괜찮아. 내가 시키는 대로 하기로 했어?"

창녀가 위를 쳐다보며 소리쳤다.

"무슨 얘기야?"

그가 아래를 보며 소리쳤다.

"당신이 사랑하는 여자 말이야. 당신은 배반하지 않았는데 당신이 자신을 배반했다고 믿는 여자."

"그래서, 어쩌라는 거야?"

"그 여자한테 가서 사랑한다고 얘기해. 만나서 사실대로 얘기해. 눈과 눈을 마주 보면서 말이야."

창녀는 위를 보며 소리치면서 두 손을 잡고 흔들어 보인 후 걸어나갔다. 취중에 침대에서 벌거벗은 채 창녀에게 하소연하는 자신의 모습과 그 하소연을 듣고 진지하게 조언을 하는 늙은 창녀의 모습이 번갈아 떠오르자 이진범은 허탈하게 웃었다.

이진범은 창가에서 떨어져 침대에 몸을 던졌다. 늙은 창녀에게 진미숙에 관련된 사연을 털어놓은 자신이 한심하다 못해 어처구니없게 느껴졌다. 어쩌면 그것이 추락할 대로 추락한 자신의 진정한 모습일지도 몰랐다. 담뱃불을 짓이겨 끄느라 지저분한 자국이 남은 싸구려 플라스틱 재떨이가 그의 눈앞에 그려졌다. 그것이 자신의 실체처럼 느껴졌다. 그는 자신도 모르게 아, 하고 소리치며 몸을 뒤척이다 엎드려 얼굴을 베개에 파묻었다.

　그 많은 사람 중에 하필이면 돈을 주고 산 늙은 창녀에게 진미숙에 관한 얘기를 꺼내다니! 그녀가 이 사실을 알면 나를 얼마나 경멸할까? 이진범은 모든 것에 더이상 희망을 걸지 않기로 마음먹었다. 오로지 한 가지만을 제외하고는……. 바로 가족에게 자신의 진정한 모습을 철저히 숨기는 것을 제외하고는.

　'따르릉', 침대 옆에서 전화벨이 울렸다. 이진범은 전화의 신호음이 그를 고뇌에서 빠져나오게 하는 구원의 메시지나 되는 것처럼 상체를 일으켜 수화기를 잡아 귀

로 가져갔다. '이 사장, 나 백인홍이야'라는 말이 전화선을 타고 들려오자 그는 반가운 마음이 들었다가 다음 순간 숨이 막힐 듯 가슴이 답답해왔다.

"백 사장, 어디서 전화하는 거야?"

"나 지금 시카고 공항에서 전화하는 거야. 뉴욕에서 여러 번 전화해도 받지를 않더군."

"뉴욕은 어떻게 왔어?"

"급한 일이 생겨서. 좋은 일이야. 뉴욕에서 일 끝내고 이 사장 만나러 워싱턴으로 가려고 공항에서 전화했더니 김영수 씨가 시카고에 있다고 전화번호를 가르쳐주었어. 뉴욕에서 곧장 시카고로 오는 비행기를 탔지."

백인홍의 음성에는 언제나처럼 활기가 넘쳐흘렀다. 이진범은 백인홍이 보고 싶어졌다. 그러나 그런 생각도 잠시뿐, 백인홍이 자신의 시어스 방문 결과를 궁금해하리라는 생각이 들자 백인홍을 대면하기가 두려워졌다.

"백 사장, 저 말이야. 저…… 시어스 일은 잘못된 것 같아. 시어즈 중역들이 거래처를 바꿀 수 없다는 거야."

이진범이 나직이 말했다.

"그래? 걱정할 필요 없어. 내가 오늘 대어를 낚았거든. 메이시 백화점을 물었어. 기가 막힌 행운이야."

"정말이야? 축하해."

"그냥 말로만 축하할 순 없지. 내가 지금 그쪽 호텔로 가는 택시를 탈 테니까 어디 가지 말고 거기 꼭 붙어 있어. 같이 만나 진탕 마셔보자고. 그리고 둘이서 할 얘기도 있고. 권 의원한테서 이 사장 회사 인수하는 문제 얘기 들었지? 만나서 자세히 얘기해줄게. 나는 시카고에서 내일 저녁 한국으로 가는 비행기를 타면 돼. 그럼 이따 봐."

백인홍은 이진범의 대답도 기다리지 않고 전화를 끊었다.

이진범은 수화기를 내려놓으며 한결 기분이 나아지는 것을 느꼈다. 백인홍의 쾌활한 목소리가 반가웠고, 메이시 백화점을 낚았다는 희소식이 그랬으며, 무엇보다 시어스가 실패했다는 소식을 듣고도 여전히 자신의 회사를 인수하겠다는 백인홍의 제안이 그러했다.

이진범은 마음이 한결 가벼워져 침대에서 일어나 창가로 갔다. 골목길이 끝나는 곳에서 지나가는 남자에게 수작을 걸고 있는 늙은 창녀의 모습이 다시 보였다. 창녀가 성공하기를 바랐다. 잠시 후 남자의 팔짱을 끼고 호텔 문쪽으로 걸어오는 창녀의 모습에 마음이 흐뭇해졌다.

그는 갑자기 배가 고파졌다. 그러고 보니 아침에 커피숍에서 도넛 두 개와 커피를 마신 것 이외에는 하루 종일 진토닉밖에 먹은 것이 없었다. 그는 얼른 옷을 입고 방 밖으로 나가며 24시간 열려 있는 편의점이 호텔 근처에 있기를 바랐다.

"아니, 아직도 안 갔어?"

남자의 팔짱을 끼고 층계를 올라오던 창녀가 그에게 말했다.

"……."

그는 한쪽으로 비켜서서 그들이 지나가기를 기다리며 고개를 숙였다. 그의 옆을 지나며 창녀가 팔짱을 끼지 않은 팔을 뻗어 그의 목덜미를 감싸고는 속삭이듯 말했다.

"허니, 일은 아주 간단해. 세상만사는 세 마디면 다 해결돼. 아이…… 러브…… 유. 딴 말은 필요 없어. 그냥 세 마디만 해. 빨리 당신 여자에게 달려가. 그 여자는 그 말을 들을 권리가 있어."

그들이 지나가자 이진범은 멍하니 그 자리에 서 있다가 다시 층계를 내려왔다. 그는 창녀가 고객을 끼고 막 올라간 빈 층계를 뒤돌아보았다. 그는 그녀가 싫지 않았다. 싫기는커녕 그녀의 다정함에 마음이 흐뭇해졌다. 세상에는 찾으려고 노력만 한다면 착한 사람들을 어디에서나 만날 수 있을 터였다. 그는 자신감이 생겼다.

그는 호텔 문을 나서려다 말고 문 옆에 있는 공중전화

부스로 갔다. 그는 전화번호부를 뒤적인 후 버튼을 누르기 시작했다. 신호음이 들리더니 '한국영사관'이라는 말이 들려왔다.

"저 다름이 아니라, 한국에서 온 〈박정희의 죽음〉 공연단이 어느 호텔에 묵고 있는지 알 수 있을까요? 단원의 친척인데 급히 연락할 일이 있어서요."

잠시 후 영사관에서 미시간 가의 시카고 힐튼 호텔이라고 가르쳐주었다. 그는 프런트 데스크로 가 손님이 찾아오면 곧 돌아온다는 말을 전해달라고 부탁한 후 호텔 문을 나서 지나가는 택시를 잡았다.

텅 빈 거리를 달리는 택시 안에서 그는 흐뭇한 기분이 되었다. 오늘 낮에 진미숙이 보여주었던 잔인한 행동에도 불구하고 조금도 서운하게 느끼지 않고 있는 자신이 놀라웠다. 그는 자신의 그런 느낌을 그녀에게 솔직히 전하고, 그런 느낌은 변함없는 사랑만이 가져다줄 수 있는 것이라는 말을 남기는 것으로 그녀와의 영원한 이별을 장식할 예정이었다.

얼마 후 이진범은 힐튼 호텔 로비로 들어섰다. 프런트 데스크로 가 진미숙이 투숙한 방 번호를 알아내고는 데스크 옆에 있는 하우스폰을 들었다. 버튼을 누르자 신호음이 들려왔다. 잠시 후 '헬로' 하는 남자 목소리가 들려왔다. 순간 그는 전화번호가 틀렸다고 판단했다.

"미스 진의 방입니까?"

혹시나 해서 그가 영어로 물었다.

"네, 그런데요."

남자가 한국말로 대답을 했다.

"진미숙 씨 계시는지요?"

"지금 잠시 잠이 들었는데 누구시라고 할까요?"

"……."

이진범이 대답을 않고 머뭇거렸다.

"전화번호를 주십시오."

"하우스폰입니다. 10분 후 다시 전화하지요."

이진범은 수화기를 조용히 내려놓았다. 그는 얼떨떨한
기분이 되었다. 12시 30분을 가리키는 손목시계에 시선
을 주었다. 이 늦은 시간에 그녀와 한 방에 있는 남자는
누구일까? 의문이 생겼으나 남자 단원들과 방에서 한잔
하고 그녀만 잠이 들었으려니 했다. 그는 그곳에서 서성
거리며 10분이 지나기를 기다리기로 했다.

"진미숙 씨 찾아오셨지요?"

이진범은 소리가 나는 쪽으로 고개를 돌렸다. 어디서
본 듯한 건장한 남자가 야릇한 미소를 지으며 그를 뚫어
지게 쳐다보고 있었다.

"네, 그런데요."

"이진범 씨 맞지요? 진미숙 씨의 동생 되는 진성호입니다."

남자가 그에게 손을 내밀었다. 그제서야 1년 반 전 결혼식 때 본 기억이 났다.

"잠깐 올라가셔서 저하고 말씀 좀 나눌까요?"

내민 손을 잡는 이진범을 이끌며 진성호가 말했다.

그들은 11층에 도착해 엘리베이터에서 내려 복도를 걸어갔다. 진성호가 1115호실 방문을 열며 이진범에게 먼저 들어가라는 손짓을 했다. 이진범이 먼저 들어서고 뒤따라 들어온 진성호가 문을 잠갔다.

진성호는 뒤돌아서면서 이진범의 턱을 향해 주먹을 휘둘렀다. 엉겁결에 타격을 당해 뒤로 벌렁 넘어진 이진범이 손을 코로 가져갔다. 벌겋게 피가 묻은 손바닥을 보는 순간, 진성호의 구둣발이 이진범의 얼굴을 걷어찼다. 넘어진 이진범이 두 손을 바닥에 버티고 몸을 일으키려 하자 진성호는 다시 구둣발로 이진범의 가슴을 걷어찼다. 이진범이 뒤로 넘어졌다. 이진범이 다시 일어나려다 말고 몸을 가누지 못하며 앞으로 고꾸라졌다.

"너 이 새끼, 내가 오늘 널 병신으로 만들어주마."

진성호가 지껄이며 방바닥에 엎어진 이진범의 머리카

락을 왼손으로 잡고 머리를 들어올린 후 오른손으로 이
진범의 턱을 후려쳤다.

"너 이 새끼, 우리 누이를 꼭 죽여야 되겠어?"

이진범이 입을 열려고 했으나 턱이 움직여주지 않았다.

"그 알량한 글 가지고 누이를 또 죽이려고 해? 한 번
이면 됐지, 두 번이나 죽여야겠어, 이 개새끼야?"

진성호가 다시 한 발짝 다가서더니 오른손 주먹으로
이진범의 얼굴을 후려쳤다. 이진범이 옆으로 벌렁 나자
빠졌다. 진성호가 이진범의 목을 구둣발로 누르며 내려
다보고 있었다. 이진범은 숨이 막혀 진성호의 발을 잡았
으나 힘을 쓸 수가 없었다.

"너 이 개새끼, 한 번만 더 누이한테 접근했다간 죽을
줄 알아."

진성호가 발에 힘을 주었다. 이진범은 숨통이 끊어지
는 고통 속에 정신이 아물아물해졌다. 진성호의 구둣발
이 목에서 떨어지는 듯하더니 곧 이진범의 턱에 충격이
왔다. 턱이 으스러졌을지도 모른다는 생각이 드는 순간
정신을 잃었다.

이진범이 정신을 차렸을 때 그는 진성호의 팔에 겨드
랑이가 끼여 층계를 끌려내려오고 있었다. 이진범이 그
의 오른팔에서 빠져나오려고 몸부림치자 진성호가 왼손

으로 그의 배를 쳤다.

"지랄하지 말고 맞아 죽기 전에 가만히 있어, 이 새끼야."

이진범은 복부의 고통을 이기지 못해 신음을 토해내며 끌려내려갔다. 이진범은 호텔 1층 비상구까지 진성호에게 이끌려 내려왔다. 비상구 문을 열고 보도로 나서자 곧 그들 앞에 택시가 섰다. 택시 뒷좌석에 자신의 몸뚱어리를 팽개치듯 밀어넣으며 진성호가 기사에게 말하는 소리가 들려왔다.

"이 돈만큼 멀리 가서 이 친구를 내려놓으시오."

'꽝' 하고 문 닫는 소리가 들려왔다.

"어디로 갈 거요?"

기사가 말하는 소리가 들려왔다.

"어디로 갈 거요? 말하지 않으면 가지 않겠소."

기사가 다시 물었다.

이진범이 입을 열려고 했으나 턱에 통증만 올 뿐 입이 떨어지지 않았다. 그는 힘들여 상체를 일으킨 후 왼손 손바닥을 그에게 내밀어 'FILMORE'라고 오른손 둘째손가락으로 썼다.

"어디요?"

이진범이 다시 남은 힘을 다해 손바닥 위에 스펠링을

썼다.

"필모어 호텔?"

기사가 그제서야 알아듣고 확인하며 묻자 이진범은 고개를 끄덕였다.

8. 고백 : 백인홍

- 이진범에 대한 오해에서 벗어나 사랑을 고백하는 진미숙.
- '남자의 마음을 망가뜨리고 여자의 마음을 곱게 길들이는 것이 빈곤'은 아니다. 빈곤은 성별을 가리지 않고 인간의 오감(五感)을 망가뜨린다. 절대빈곤의 경우 절대로 그러하다.
- 유대인이 세계의 백화점업계마저도 지배하도록 만든 것은 구약 「전도서」 내용 중 다음의 짤막한 구절 덕분일 것이다. '잔치는 희락을 위하여 베푸는 것이요, 포도주는 생명을 기쁘게 하는 것이나 돈은 범사에 이용되느니라.'

"필모어 호텔로 갑시다."

백인홍이 공항 청사를 떠나는 택시 안에서 흑인 기사에게 말했다.

"필모어 호텔? 처음 들어보는데…… 공중전화 있는 데서 세워줄 테니 전화를 해 위치를 알아보슈."

기사가 투덜거리듯 말했다.

세계에서 제일 복잡하다는 시카고의 오헤어 공항을 힘들게 빠져나와 프리웨이에 들어서기 전, 백인홍은 길가에 세운 택시에서 내려 공중전화 부스가 있는 곳으로 걸어갔다.

필모어 호텔에 전화를 걸어보니, 이진범이 부재중이라 교환원에게서 호텔의 위치를 알아냈다. 택시에 다시 올라탄 그는 택시기사에게 호텔의 위치를 설명해주었다. 고개를 끄덕거리는 택시기사의 험상궂은 인상이 룸미러에 비쳤다. 백인홍은 소름이 끼쳤다. 덩칫값을 하려면 미식축구 선수가 되었을 법한 흑인 기사와 단둘이 차 안에 있으려니 겁이 덜컥 났다. 그는 일부러 뒷좌석 등받이에 몸을 기댄 채 꼿꼿한 자세로 의젓하게 발을 꼬고 앉아 쓰고 있던 검은색 중절모를 벗었다. 이마에 널찍하게 붙인 반창고를 가리기 위해 할 수 없이 써야만 했으나 택시 안에서까지 쓰고 있을 필요가 없었기 때문이었다.

"이마가 왜 그렇게 됐소?"

징그럽게 흰 이를 드러내며 묻고 있는 기사의 모습이 룸미러에 비쳤다.

"어떤 자의 얼굴을 묵사발 만드느라 이렇게 되었소."

박수근의 면상을 향해 내리꽂은 이마가 애매한 양탄자를 들이받아 그렇게 되었다고 사실대로 말할 순 없었다.

"그자의 얼굴은 어떻게 되었소?"

기사가 재미있다는 듯 다시 물었다.

"코뼈가 엉망진창이 되었을 거요."

그것은 사실이었다. 백인홍은 속으로 중얼거렸다. 그

리고 덧붙였다.

"그리고 그자의 손가락은 현대의학으로도 다시 못 맞출 정도로 완전히 박살이 났지."

"그자가 손으로 얼굴을 막았기 때문이오?"

기사의 말에 백인홍은 의젓하게 고개를 끄덕였다. 그 순간 그는 며칠 전 일어났던 일을 회상하며 다시 한 번 10년 묵은 체증이 내려앉는 듯 가슴이 후련해져왔다.

그러나 그런 후련함도 잠시뿐, 택시가 시내로 들어서자 백인홍은 갑자기 초조해졌다.

"필모어 호텔까지 얼마나 걸릴까요?"

백인홍이 조심스럽게 물었다.

"이 시간이면 교통체증은 없을 테니 20분 내로 도착할 거요."

"더 빠른 길은 없소?"

"운전은 나한테 맡기쇼."

택시기사가 투덜거리듯 말했다. 나 참 더러워서, 돈 내고 택시 타면서 기사 눈치를 보아야 하나. ××놈, 덩치가 워낙 커 욕을 할 수도 없으니…… 속으로 투덜거리는 백인홍은 몹시 초조해졌다. 오늘 아침 이현식이 한 말이 사실이라면 진성호는 지금쯤 시카고에 와 있을 거고, 이진범이 옛정이 그리워 공연히 진미숙이라는 몹쓸

이혼녀에게 다시 접근했다가는 진성호에게 걸려 호되게
당하리라는 생각이 들어서였다.

망할 년! 한 남자를 패가망신시켰으면 그것으로 족할
것이지, 미국까지 쫓아와 또 괴롭히다니! 어느 남자에게
나 살이 낀 여자가 있다더니, 진미숙이란 년이 아직까지
도 이진범을 괴롭히지 못해 안달을 하니……. 백인홍은
속으로 진 사장의 여동생에게 욕설을 퍼부었다.

시카고 공항에서 내려 전화할 때까지는 이진범의 전화
목소리로 판단컨대 별일이 일어나지 않은 것 같았다. 하
지만 호텔의 위치를 알아보려고 조금 전 다시 전화했을
때 부재중인 것으로 봐 그사이 무슨 일이 일어나진 않았
을까 하는 불안감이 찾아왔다.

그는 이진범 때문에 그렇게 속을 태우는 자신이 한심
하게 느껴졌다. 자신은 지금 과거 어느 때보다 기분이
좋아야 할 충분한 이유가 있었다. 이현식의 주선으로 메
이시 백화점 한국 내 구매 책임자인 골드버그와 뉴욕에
서 만난 결과, 그로부터 연간 2천만 달러 상당의 제품을
백운직물로부터 직접 구매하겠다는 약속을 받아냈기 때
문이었다.

이 이상 더 좋은 일이 어떻게 일어날 수 있겠는가! 그
는 기분을 바꿔보려고 애썼다.

비록 골드버그와 이현식이 미국에 엉터리로 설립해놓은 유령 회사를 통해 거래를 하도록 한 선행조건하에 커미션조로 구매액의 5퍼센트 정도를 유령 회사로 넘기게 되어 있지만, 백운직물에 실리만 돌아가면 됐지 누가 그 사이에서 이익을 차지하든 백인홍 그로서는 상관할 바가 아니었다. 다만 대하실업을 통해 거래하던 것을 최종 바이어와 직접 거래하게 된 데에 커다란 의의가 있었다. 더군다나 잘만 하면 직거래 양이 기하급수적으로 늘어날 가능성이 매우 컸다. 더구나 이진범을 그 회사의 직원으로 채용하기로 합의한 것은 그로서는 정말 큰 소득이었다.

미국 놈들, 특히 유대인 놈들과도 국내에서 하는 것처럼 돈 놓고 돈 먹는 식으로 하면 쉽게 성사될 일을, 국제거래랍시고 고지식하게 원리원칙만 지키는 이진범이 안타까웠다. 그런 성정으로는 어떤 계약도 성사시킬 리가 없다는 생각이 들었다. 여하튼 골드버그란 놈이 아무리 지독한 유대인이라 하더라도 이제 자신에게 약점을 잡힌 셈이니 앞으로 잘만 끌고 가면 노다지 광산을 찾은 것과 다름이 없을 것 같았다.

"필모어 호텔에 거의 다 왔소."

택시기사가 뒤를 돌아다보며 말했다. 백인홍은 차창

밖으로 거리를 내다보았다. 사거리 건너 100미터 전방에 '필모어'라는 붉은 네온사인이 붙어 있는 허름한 5층짜리 벽돌건물이 시야에 들어왔다. 택시는 사거리에서 신호등이 바뀌기를 기다리고 있었다.

세계 굴지의 시어스 백화점과 상담을 하러 오면서 이따위 삼류호텔에 들다니! 그는 그까짓 호텔비 몇 푼을 절약하려 드는 이진범의 소심함을 속으로 비웃었다.

이러니 김빠진 이혼녀의 손아귀 안에서 놀아날 수밖에. 사내자식이 맺고 끊는 데가 있어야지 한물간 이혼녀를, 게다가 자식까지 둔 이혼녀가 뭐가 좋다고 아직까지 그년 손아귀에 놀아나는 건지. 백인홍은 그렇게 중얼거리며 김빠지지 않은 팔팔한 한 여자를 머릿속에 그려보았다. 김명희가 봉오리가 막 벌어지려고 하는 장미꽃이라면, 진미숙은 시들어버린 국화꽃이리라.

그는 자신의 곁을 떠나 봉오리를 활짝 펼 김명희에게 생각이 미치자 잠시 우울해졌다. 하지만 젊고 예쁜 여자는 계속해서 세상에 나오게 되어 있다고 그는 자위했다. 그런데 김명희와 같이 불우한 가정에서 자란 여자가 똑같은 경우의 남자와는 정반대로, 오히려 착한 마음씨를 갖고 있는 이유를 그는 이해할 수 없었다. 남자의 마음을 망가뜨리고 여자의 마음을 곱게 길들이는 것이 빈곤의 정체인가?

* * *

택시가 호텔 문 앞에 섰다. 그는 백 달러짜리를 기사에게 주며 31달러를 거슬러주기를 기다렸다. 뒷문을 연채 거스름돈을 건네주기를 기다리는 그에게 기사가 흰이를 드러내 징그럽게 씩 웃으며 '생큐 베리 머치'라고했다. 이런 개새끼! 백인홍은 한국말로 욕을 하며 차에서 내렸다.

보도에 내려선 백인홍이 한 발짝 옮기는 순간 앞쪽에주차한 택시 뒷좌석에서 사람을 끌어내리는 미국인 기사의 모습이 보였다. 미국인의 어깨에 기대어 뒷좌석에 있던 사람이 보도에 내려선 순간 백인홍은 소스라치게 놀랐다. 희미한 가로등 불빛 아래였으나 인사불성 상태인사람이 이진범이라는 것을 알아챘기 때문이었다.

그는 그쪽으로 달려가 기사로부터 이진범을 옮겨 안았다. 한쪽으로 기운 이진범의 얼굴을 살펴보았다. 피투성이에 비참하게 일그러지고 부어오른 이진범의 얼굴이 드러나자 백인홍은 한 손으로 기사의 팔을 잡았다.

"누가 이랬소?"

백인홍이 급히 물었다.

"나도 모르오. 당신이 이 사람 친구요?"

기사가 덤덤히 말했다.

"어디서 이 사람 태웠소?"

"힐튼 호텔 앞에서 동양인 청년이 이 사람을 태웠소. 그자가 이 사람을 아무 데나 내려버리라고 했는데, 이 사람이 이리로 가자고 해 데리고 왔소."

"그 동양인 청년이 누구요?"

"내가 어떻게 알겠소? 이 사람에게 물어보시오."

기사가 백인홍의 위압적인 태도에 겁을 집어먹었는지 슬금슬금 뒷걸음질을 쳤다. 백인홍은 그 젊은 동양인 청년이 진성호일 것이라 추측했다.

"여기서 잠깐만 기다리시오. 이 친구를 방에 데려다놓고 힐튼 호텔로 갈 테니 말요."

백인홍은 돈을 꺼내 기사에게 내밀었다. 이진범이 그의 말을 들었는지 그러지 말라는 뜻으로 백인홍의 팔을 잡아끌며 호텔 문 쪽으로 힘들여 발을 옮겼다. 백인홍은 기사에게 그곳에서 기다리라는 사인을 보낸 다음 이진범을 부축하여 호텔 문으로 들어섰다. 프런트 데스크 앞에 가 이진범의 방 열쇠를 달라고 했다.

"경찰을 부를까요?"

나이 든 호텔 여직원이 이진범의 모습에 놀라며 물었다. 이진범이 고개를 저었다.

"내가 어디 잠깐 갔다 와서 병원으로 데려갈 거요."

백인홍이 말하며 열쇠를 받았다. 백인홍은 이진범을 들어올리듯이 안고는 층계를 올라가 방문을 열고 들어갔다. 이진범의 신발과 상의를 벗기고 침대에 눕혔다. 이진범을 침대에 눕히면서 백인홍이 쓴 중절모가 벗겨졌다. 이진범이 놀란 눈으로 반창고를 붙인 백인홍의 이마를 응시하다가 손으로 가리켰다.

"아, 이거? 양탄자 바닥을 들이받았어."

백인홍이 머리를 아래로 내리꽂는 시늉을 하며 말했다.

"조준이 조금 잘못돼서 이렇게 된 거야."

백인홍이 덧붙이자 이진범이 상을 찡그리며 미소 짓는 시늉을 했다. 백인홍은 덩달아 미소 지으며 바닥에 떨어진 중절모를 다시 썼다.

"여기 잠깐 있어. 내 곧 올게."

백인홍이 말하자 이진범이 그를 말리기 위해 상체를 일으키려 했으나 자신의 몸을 이기지 못하고 다시 털썩 누웠다.

이진범이 손을 내저으며 눈으로 애원했다.

"이 사장이 무슨 짓을 했든 어느 누구도 이 사장에게 이렇게까지 할 순 없어."

백인홍이 말을 끝마치면서 등을 돌려 문으로 향했다.

한적한 시카고의 밤거리를 달리는 택시 안에서 백인홍은 진미숙이 도대체 어떤 여자인지 궁금해졌다. 고향 친구인 이성수와 결혼하자마자 미국으로 떠났고, 미국에서 이혼을 했으므로 그들의 결혼생활이 어떠했는지는 알 수 없지만, 이성수와 같이 착한 마음씨를 가진 남자와 사내아이까지 두었는데도 이혼을 했다면 어떤 종류의 여자인지 상상이 가고도 남았다. 전형적인 부잣집의 외동딸로 건방지고, 독선적이며, 자기밖에 모르는 이기적인 여자일 것임이 분명했다.

반 시간쯤 후 힐튼 호텔 앞에 도착한 택시에서 백인홍이 내렸다. 그는 무엇에 쫓기는 사람처럼 호텔 안으로 급히 들어가 프런트 데스크 앞에 섰다.

"진성호 씨 방 번호를 가르쳐주시오."

'SUNG-HO CHIN', 백인홍이 스펠링을 대면서 호텔 직원에게 물었다. 호텔 직원이 투숙객 명부를 훑어보았다.

"방금 전 체크아웃 했는데요."

"그럴 리가 없소. 성(姓)이 CHIN이 아니고 JIN일지 모르오. 오늘 체크인 했을 거요."

"오늘 저녁 체크인 했다가 개인 사정이 있어 방금 전 다시 체크아웃 했습니다."

"어느 호텔로 갔는지 아시오?"

"메모를 남기지 않았습니다."

이런 생쥐 같은 놈이 있나! 백인홍이 중얼거렸다. 이 진범을 구타한 사건이 경찰에 신고되어 추적당할까봐 벌써 다른 곳으로 피신했구나.

"그럼 진미숙의 방 번호를 알려주시오. MI-SOOK CHIN."

호텔 직원이 다시 투숙객 명단을 훑어보았다.

"1202호실입니다."

"고맙소."

백인홍이 엘리베이터 쪽으로 뛰는 듯 걸어갔다.

그는 엘리베이터 안에서 '×같은 년' '망할 년' 하고 숨을 헐떡이며 중얼댔다. 엘리베이터 안에 있던 미국인들이 놀란 눈으로 그를 쳐다보았다.

백인홍은 엘리베이터를 내려 복도를 걸어가다 1202호실 앞에 섰다. 그는 문을 세차게 서너 번 주먹으로 두드렸다. 아무런 반응이 없자 계속해서 문을 두드렸다.

'후 이즈 잇?' 하는 여자 목소리가 들려오자 급한 김에

'진성호 씨 심부름 왔습니다'라고 말하곤 대답도 기다리지 않고 다시 문을 부술 듯이 두드렸다. 문이 열리면서 잠옷 차림으로 머리가 헝클어진 여인이 잠에서 덜 깬 눈을 비비며 나타났다.

백인홍의 머릿속에 1년 반 전 진성호 결혼식에서 본 진미숙의 모습이 희미하게 되살아났다. 서른이 넘은 여자에게는 세월이 잔인할 수 있다고 해도 이건 너무한 것 같았다. 화장기 없는 푸석푸석한 얼굴, 헝클어진 머리, 화려한 분홍색 실크 잠옷에 어울리지 않게 뼈만 앙상한 앞가슴…… 누가 보아도 고된 인생살이에 허물어질 대로 허물어져버린 여인의 모습이지, 알아주는 재벌의 외동딸이라고는 도저히 믿어지지 않았다.

"당신이 진미숙이오?"

"……."

진미숙이 고개를 끄덕이며 어리둥절해했다. 백인홍이 문 앞에 서 있는 진미숙을 옆으로 밀치고 안으로 들어선 후 뒤로 돌아 문을 잠갔다.

"진성호 지금 어디 있소?"

백인홍이 험상궂은 표정으로 묻자 진미숙은 그제야 정신이 드는지 잠옷의 깃을 여미며 두려워하는 빛을 띠었다.

"걱정 마시오. 당신을 겁탈하러 온 건 아니오. 그럴 의사는 추호도 없소. 진성호 있는 곳만 알려주시오."

백인홍이 말라비틀어진 진미숙의 육체를 경멸하는 눈초리로 아래위로 훑어보며 빈정거리듯 말했다.

"이 호텔에 있으니 프런트에 물어보면 방 번호를 알 수 있겠지요."

진미숙이 옷깃을 다시 여미며 떨리는 목소리로 말했다.

"방금 전 체크아웃 했소. 어느 호텔로 갔는지 알려주시오."

백인홍이 위협적으로 다그쳤다.

"저도 모르겠어요."

"진성호가 아마도 이리로 연락할 테니까 여기서 기다리겠소. 당신도 나하고 같이 여기 앉아 있으시오."

백인홍이 소파에 깊숙이 눌러앉으며 느긋하게 다리를 꼬았다.

"혹시…… 무슨 일인지요?"

진미숙이 이제는 바들바들 떨기 시작했다.

"당신 동생이 이진범 사장을 반쯤 죽여놓았소."

진미숙이 놀라는 빛을 띠었다.

"진성호가 왜 그랬는지는 당신이 잘 알 거요."

"무슨 말이죠?"

"당신 때문이오. 한 남자의 인생을 망쳤으면 됐지, 뭐가 또 부족해 병신을 만들려는 거요? 그 사람도 가족이 있는 사람이오."

"저와는 상관없는 일이에요."

진미숙이 방금 전의 두려움은 어디로 갔는지 도발적으로 내뱉었다. 백인홍이 어이없다는 표정을 지은 후 소파에서 일어나 창가로 다가가 그녀를 뒤돌아보았다.

"상관없다고? 당신은 참 지독한 여자요. 뭐가 상관없다는 말이오? 이진범의 인생을 망친 것이 상관없다는 말이오? 진성호를 시켜 이진범을 병신으로 만들려고 한 것이 상관없다는 말이오?"

"두 가지 다요."

"당신하고의 관계 때문에 이진범 사장의 회사가 망한 걸 모른단 말이오?"

"그럴 리 없어요."

"그럴 리 없다고? ……당신 때문에 진 사장이 황무석을 시켜서 관세청에 관세 포탈 건을 투서질하게 했소. 그것뿐만이 아니오. 보증용으로 가지고 있던 이진범 사장 회사의 수표를 고의로 돌려 부도나게 했소. 그래도 잡아뗄 셈이오?"

진미숙이 놀라는 표정을 지었다.

"이진범은 모든 게 진 사장과 황무석의 장난이라는 걸 알고도 진 사장을 기꺼이 용서해주었소. 당신 때문에 그 랬던 거요."

"도대체 댁은 누구신데 알지도 못하면서 그런 말을 멋 대로 지껄여요?"

"나는 이진범 사장과 친구 사이요. 그동안 무슨 일이 일어났는지는 내가 잘 알고 있소."

"사실은 그렇지 않아요. 오히려 그 사람이 나한테서 오빠 회사의 약점을 알아내 어느 국회의원한테 알려주었 다고요."

진미숙이 고개를 바짝 치켜들고 또박또박 말을 이어 갔다.

백인홍이 잠시 어떤 일을 회상하는 듯 멍하니 서 있다 가 진미숙을 향해 입을 열었다.

"그건 그렇지 않소. 이진범은 한국에서 미국으로 빠져 나오던 날 새벽까지 나하고 같이 있었소. 진 사장 회사 의 약점을 알려준 건 이진범을 끝까지 도와주려고 했던 권 의원에게 빚을 갚으려고 그랬던 거요. 내가 권 의원 에게 이진범의 편지를 전해주었소."

"저한테서 들은 회사 약점을 권 의원한테 전해주어 오 빠를 곤경에 빠뜨리는 것이 남자가 할 짓인가요? 제가 무엇을 잘못했기에 그랬는지 모르겠어요."

"당신 오빠 회사를 곤경에 빠뜨리는 것이 목적이 아니었소. 권 의원이 관세청장을 만나 이진범 사장을 도우려고 나섰다가 일이 제대로 풀리지 않았소. 그리고 진 사장이 권 의원 지역구에 공장을 세우기로 약속했다가 지키지 않았소. 그래서 이 사장이 권 의원에게 보답하는 방법으로 정보를 주어 공장을 유치하는 데 도움이 되도록 한 것뿐이오."

"그래도 저한테서 나온 정보잖아요."

"내가 알기로는 당신한테서 들은 정보가 아니오. 이 사장이 이성수 교수한테 들은 걸로 나는 알고 있소."

진미숙이 고개를 들고 무슨 말을 하려다가 다시 고개를 숙였다.

"당신은 이진범에게 재앙이었소. 왜 당신 같은 여자 때문에 일생을 망쳤으면서도 아직까지 잊지 못하고, 당신을 만나러 갔다가 그런 봉변을 당했는지 모르겠소."

백인홍이 뒤돌아서서 창밖으로 시선을 보냈다. 방 안의 무거운 침묵 속에 그는 다 허물어져버린 하찮은 한 여자 때문에 일생을 망친 한 남자의 어리석음을 통탄했다.

'삐' 하고 울리는 전화벨이 무거운 침묵을 흔들어놓았다. 진미숙이 수화기를 드는 순간 백인홍이 긴장한 빛을 띠었다. '헬로' 하고 진미숙이 말하자 백인홍이 진미숙 옆에 바싹 다가서 귀를 수화기 옆으로 가져갔다.

"미숙이니? 나 오빠야."

진성구의 목소리가 들려왔다.

"미숙아, 별일 없지…… 다름이 아니라 아버지께서……."

"아버지께 무슨 일이 일어났어요?"

진미숙이 다급하게 물었다.

"아버지가 고혈압으로 쓰러지셨어."

"네? 지금 어떠세요?"

"혼수상태야. 내가 새벽 비행기로 예약해놓았으니까 즉시 귀국하도록 해. 지금 호텔을 떠나 공항으로 가야 할 거야. 성호에게 연락이 되면 같이 오도록 하고."

"성호는 지금 어디에 있는지 몰라요."

"그럼 성호에게는 알아서 연락할 테니 너 혼자 먼저 떠나."

"알겠어요. 그렇게 할게요."

진미숙은 수화기를 내려놓은 후 '흑' 하고 울음을 터뜨리며 두 손으로 얼굴을 가리고 욕실로 들어갔다. 방 안에 혼자 남은 백인홍은 어리벙벙해졌다. 진 회장이 고혈압으로 쓰러져 위독한 상황이라 외동딸인 진미숙이 귀국을 서두르는 판에, 진성호를 찾는다 해도 손을 댈 수가 없을 것 같았다.

"진미숙 씨, 나 그냥 가보겠소."

백인홍이 닫힌 욕실 문에다 대고 어정쩡하게 말하고 현관 쪽으로 갔다. 곧 욕실 문이 열리는 소리에 뒤돌아보는 그에게 진미숙이 말했다.

"로비에서 잠깐만 기다려주세요. 짐 싸가지고 곧 내려갈게요."

백인홍이 이해할 수 없다는 표정을 지었다.

"이진범 씨 있는 데로 데려다주세요. 공항으로 가기 전 꼭 만나야겠어요."

"……."

"제발…… 제발 부탁해요."

진미숙이 울먹이며 애원했다.

백인홍은 잠시 머뭇거리다 '알겠소'라고 말하고 방을 나섰다.

한밤중의 한가한 시카고 시내를 달리는 차의 창문 밖

254

으로 시선을 보내고 있는 진미숙을 백인홍은 슬쩍 보았다. 그녀가 몹시 측은해 보였다. 막강한 부를 가진 부모, 뛰어난 미모, 훌륭한 교육, 게다가 한 남자의 마음을 사로잡을 만한 매력…… . 그렇게 한 여자로서 최선의 여건을 타고난 여자가 서른이 조금 넘은 나이에 자살을 기도한 적이 있는, 이혼의 아픔을 겪은, 사랑에 쓰라린 배신을 당하고 고통받는, 다 허물어진 육체를 지닌 여자로 변모했다는 사실이 믿어지지 않았다.

진미숙과 이진범 사이에 있었던 것이 정확히 무엇인지는 모르나 만약 그것이 사랑이라면, 사랑이란 파괴분자임에 틀림없다고 백인홍은 마음속으로 단정했다. 남자를 파멸시키고, 여자의 육체를 허물어뜨리고, 주위 사람들에게 잔인한 짓을 저지르게 하는 것, 그것이 바로 세상 바보들이 멋모르고 추구하는 사랑이 아닐는지…… . 그는 고개를 갸우뚱했다.

택시가 필모어 호텔 앞에 섰다. 백인홍이 택시에서 내리자 진미숙이 뒤따라 내렸다.

"공항까지 갈 테니까 여기서 좀 기다려주세요."

진미숙이 기사에게 말하곤 호텔 문으로 들어서는 백인홍을 뒤따라갔다. 백인홍이 계단을 올라가 복도로 걸어가다 방 문 앞에 섰다. 진미숙이 백인홍에게 '고마워요'

라고 말한 후 방 문을 열고 들어갔다.

　백인홍은 닫힌 문에 귀를 갖다대었다. 아무 소리도 들리지 않았다. 잠시 후 여자의 울음소리가 들려왔다. 잠시 정적이 흐른 후 여자의 울음소리가 커지다가 다시 잦아들었다.

　"미안해요. 정말 미안해요."

　잠시 동안 아무 소리도 들리지 않았다.

　"말하려고 하지 말아요…… 제발……. 시간이 없어요. 아버지가 고혈압으로 쓰러지셔서 곧 공항으로 가야 해요."

　또다시 정적이 찾아왔다.

　"그런 슬픈 표정 짓지 마세요. 저는 슬프지 않아요. 오히려 지금이 어느 때보다도 슬프지 않아요. 이제 당신의 사랑을 다시 찾았으니까요."

　잠시 사이를 두었다가 다시 여자의 음성이 들려왔다.

　"당신을 미워했다고요? 그랬어요. 정말로 그랬어요. 당신을 한시도 미워하지 않은 적이 없었어요……. 말하려고 하지 마세요. 제발 말하려 하지 말고 들어만 주세요."

　이진범의 고통스러운 기침 소리가 서너 번 문틈으로 들려왔다.

"당신을 미워한 만큼 또한 저 자신을 미워했어요. 당신의 잔인함을, 저의 어리석음을…… 두 가지를 미워하는 여자의 가슴을 무엇으로 달랠 수 있는지 아세요? 자학이에요. 자학만이 그런 여자의 가슴이 터지는 것을 막을 수 있어요. 그래서 저는 저 자신을 학대했어요. 저 자신을 괴롭히는 만큼 제 가슴속을 파고드는 당신의 잔인함을, 저의 어리석음을 잠재울 수 있었거든요."

오른쪽 방의 텔레비전에서 들려오는 웃음소리가 여자의 말 사이를 비집고 간간이 들려왔다.

"때로는 미움이 살아가는 힘을 준다는 것도 배웠어요. 배신당한 여자의 미움이 어떤 것인지 아세요? 독사의 혓바닥에 묻어 있는 독이에요. 그 독이 사랑하던, 아끼던 모든 생명을 죽이지요. 그래서 주위에 남겨두는 건 사랑하지 않는 것, 아끼지 않는 것들뿐이에요. 그것에 둘러싸여 인생을 살아가며 인생 자체를 저주하게 되고, 그래야만 인생을 살 용기를 가질 수 있는 거예요."

대로를 질주하는 경찰차에서 나는 요란한 사이렌 소리가 들려왔다.

"그런데 그런 인생을 저주하는 삶을 사는 여자의 몸속에 무엇이 끊임없이 꿈틀거렸는지 아세요? 당신이었어요. 서로 사랑을 나누던 시절의 당신이었어요. 그것은 제 몸속에 한 마리의 독사가 꿈틀거리고 있는 것과 같았어요."

왼쪽 방의 텔레비전에서 나는 총소리가 요란하게 들려와 백인홍은 얼굴을 찡그렸다.

잠시 사이를 두었다가 진미숙의 목소리가 닫힌 문을 통해 백인홍의 귀에 들려오기 시작했다.

"당신을 한없이 저주하는 동안에도, 저는 무엇을 보든 무엇을 읽든 당신이 그것을 어떻게 보았고, 당신이 그것을 어떻게 읽었는가 그것만을 회상해내는 저 자신을 어쩔 수 없었어요. 때로 불륜의 사랑을 탓하는 영화를 텔레비전에서 보게 되면 당신이 보지 않기를 간절히 바라는 마음이 되었고, 그 반대의 경우 당신이 꼭 보기를 원했어요. 문득 아름다운 정경을 보았을 때, 제가 본 것을 숨기고 당신과 같이 다시 보게 되리라는 상상을 했어요. 그리고 그 아름다움에 황홀해하는 당신의 모습을 그려보았어요. 저는 세상사람 그 누구보다 그런 저를 저주했어요."

양쪽 옆방의 텔레비전에서 나는 웃음과 폭음 소리가 교차하면서 방 안에서의 침묵이 그 소리를 고스란히 받아들이고 있었다.

"아! 얼마나 자주 상상 속에서 당신을 제 품에 안은 줄 아세요? 제 가슴속에, 아니 제 몸속에서 얼마나 자주 당신의 몸을 느낀 줄 아세요? 아마 그건 세상에서 가장 잔인한 저주일 거예요. 아침을 맞이할 줄 모르는 기나긴 밤, 당신은 제 몸속을 파고 들어왔어요. 당신을 잊어버리려고 뒤집어쓰는 물줄기 속에서도 당신은 문득문득 찾아와 제 몸속에 자리를 잡았어요. 하얀 눈이 소복이 쌓인 나뭇가지에 시선을 보낼 때, 울긋불긋한 화원에 정신을 빼앗길 때, 먼 수평선에 매달린 지는 해를 바라볼 때, 그리고 낙엽이 쌓인 심산유곡을 거닐 때 당신은 제 가슴속을 비집고 들어왔어요. 그건 견딜 수 없는 저주였어요."

백인홍은 자신도 모르게 담배를 입에 물었다. 담배에 불을 붙여 한 모금 폐부 깊숙이 빨아들였다.

"사랑받는 느낌이 여자에게 어떤 것인지 아세요? 눈과 마음의 관대함이에요. 모든 게 아름답게 보이고, 모두가 착하게 생각되게 하는 관대함이에요. 그리고 그것은 언제나 원할 때 돌아갈 수 있는 마음의 보금자리예요. 슬플 때나 기쁠 때, 언제나 기다리고 있는 포근한 보금자리예요. 서둘러 오기를 바라지 않는 보금자리, 마치 갓난아기가 느끼는 어머니의 가슴과 같은 거예요. 우리는 모두 죽을 때까지 어머니의 가슴을 그리워하는 갓난아기와 같아요."

여자가 흐느끼는 소리가 들려왔다.

"저는 당신을 만나고부터 그런 보금자리, 어머니의 가슴과 같은 포근한 보금자리를 찾았어요. 그리고 놓쳤지요. 영원히 놓쳐버렸다고 생각했어요. 그러나 지금은 다시 찾았어요. 제가 사는 동안…… 아니에요, 내세가 있다면 저의 영혼이 존재하는 동안 무슨 일이 있어도 다시는 놓치지 않을 거예요!"

심야의 대로를 달리는 경찰차의 사이렌 소리가 남자의 흐느낌을 짓눌렀다.

"울지 마세요. 이제부터 우리 웃어요……. 이렇게 저처럼 말이에요."

잠시 사이를 두었다가 다시 여자의 목소리가 들려왔다.

"당신한테 고마워요. 왠지 아세요? 제가 당한 고통의 수십 배, 수백 배 더한 고통도 그런 보금자리와는 비교가 되지 않거든요. 그런데 저는 그런 보금자리를 되찾았어요. 이젠 다시 잃어버리지 않을 거예요!"

정적 속에 도시의 소음이 들려왔다.

"그럼 이만 작별을 해야겠어요. 앞으로 어떤 운명이 우리를 기다리고 있을지 모르겠어요. 하지만 저는 어떤 운명이든 환영할 거예요. 그것이 저의 진정한 운명이니까요……. 마지막으로 고맙다는 말을 하고 싶어요. 그리고 미안하다는 말도……."

260

잠시 침묵이 흐른 후 하이힐 소리가 들려왔다. 백인홍이 손에 들고 있는 담배를 버리고 얼른 문 옆으로 피해 섰다. 문이 열렸다. 진미숙의 모습이 나타났다. 그녀가 고개 숙여 인사했다. 백인홍은 그녀 뒤를 따라 복도를 지나 층계를 내려갔다.

호텔 문을 나서자 백인홍은 길가에 대기하고 있는 택시로 먼저 갔다. 백인홍이 택시 뒷문을 열자 진미숙이 고개를 사뿐히 숙인 후 택시에 올라탔다. 백인홍은 택시 문을 닫았다. 택시가 움직였다. 그는 멀어져가는 택시를 멍하니 보고 있었다. 그는 한 남자가 갑자기 부러워졌다.

<제5부에서 계속>

『거품시대』와의 대화

김윤식(서울대학교 국어국문학과 명예교수)

객 : 안녕하십니까? 안경이 더 두꺼워진 것 같군요. 이 확대경은 또 무엇입니까?

주 : 사전 때문입니다. 난시와 원시가 겹쳐 있어서.

객 : 인쇄문화란 아무래도 안경과 관련이 깊겠지요. 오늘날과 같은 영상문화 시대에 대한 선생의 견해는 어떠신지요?

주 : 미국의 극작가 아서 밀러의 견해와 비슷합니다. 색이나 그림의 세계(매체)란 언어 매체에 비하면 단세포적 또는 저차원적이라 할 수 없을까? 말 못하는 갓난아기도 그런 것에 반응하지 않겠는가? 언어(문자)의 세계란 훨씬 고급이자 고도의 지적 발달에 관련된 것이 아닐까? 지적이라서 더 훌륭하다는 것이 아니고, 범주가 그렇다는 뜻입니다.

객 : 선생의 문학에 대한 집착의 근거로 그 점에서 짐작이
갑니다. 그렇다면 활자로 된 문학에서도 등차가 있지
않을까요? 가령 순문학과 대중문학이라든가, 문단문
학과 신문소설이라든가 등등.

주 : 이런 저런 논의가 있을 수 있겠지요. 신문소설이 활
자문화 쪽에 서 있음만으로도 그 우뚝함이 있지 않을
까? 영상으로 포위된 이 시대에서 말입니다. 그렇다
고 신문소설과 문단소설의 차이가 없다고는 할 수 없
지요. 신문소설이 텍스트 범주라면 문단소설은 작품
범주라 할 수 있습니다. 신문소설에는 반드시 삽화가
있지 않겠는가? 삽화와 또 다른 여백이 있고 그 옆
에는 광고물도, 그리고 정치 · 생활 · 건강 등에 대한
기사도 함께 있지 않겠는가? 그러한 일상성(정치성)
과 신문소설이 함께 있음이란 곧 그것이 '열려 있음'
이 아니겠는가? 이 '열려 있음'을 통해 신문소설 속으
로 독자들이 멋대로 들어갔다 나왔다 할 수 있을 뿐
아니라, 삽화만 보고도 그 회분을 다 읽었다고 할 수
있는 일이 벌어집니다. 주인공의 대화 한 토막만 읽
어도 상관없는 노릇. 곧 독자는 소설을 읽되, 그것을
자기 멋대로 읽을 수 있습니다. '열려 있음'이기 때
문. 이를 바르트 식으로 말하면 텍스트의 쾌락이라

부르는 것입니다.

객 : 문단소설이란 '폐쇄된 구조' 곧 작품성으로 규정된다
는 뜻입니까? 완결된 구조이기에 독자는 이 완결성에
서 자유롭지 못하다는 것. 대체 독자를 제압·지배·
구속하고자 달겨드는 그 작품성이란 무엇입니까?

주 : 완결성이라든가 폐쇄성이란 시작·중간·끝이 있다
는 것, 그러니까 스스로 독립된 사물이라는 것. 다시
말해 타자성으로 존재하는 것이지요. 그러기에 작품
성은 우리와 맞서고, 우리를 위협하는 것. 우리가 이
에 대면할 힘이 모자라면 질 수밖에 없는 것이지요.
대결에서 비로소 긴장이 생기는 바, 이 긴장의 자장
(磁場)을 두고 독서 행위라 부르는 것입니다. 그 자장
에서 생기는 불꽃이 바로 삶의 진실이랄까, 미적 인
식이라 부르는 것이 아닐까?

객 : 그렇다면 신문소설이란 이중적이라 할 수 없을까요?
연재 도중의 그것은 열려진 구조로서, 이른바 텍스트
의 쾌락에 노출되지만 일단 연재가 끝나 단행본으로
묶이면 돌연 '작품성'으로 둔갑하는 것이 아니겠습니
까. 우리가 알기로 춘원의 「무정」(『매일신보』, 1917년)
은 물론 염상섭의 「삼대」(『조선일보』, 1931년), 이기영
의 「고향」(『조선일보』, 1933~34년), 벽초의 「임꺽정」

264

(『조선일보』, 1928~39년) 등등 우리 근대소설의 대표
작이라 부르는 작품들이 모두 본래 신문소설 아닙니
까? 당대의 독자가 아닌 그 뒤의 독자들은 이것들을
작품성으로 대할 수밖에 없지요.

주 : 맞습니다. 그러나 그러한 이중성이 보장되는 작품
은 아주 예외적이라 할 수 없을까? 방춘해의 「마도
의 향불」(『동아일보』, 1932~33년)을 비롯하여 많은 사
례를 들 수 있습니다. 그렇더라도 이들 작품은 그 일
차적 임무를 훌륭히 수행한 것으로 볼 수 있지요. 당
대의 유행에 대한 감각, 풍속에 대한 신기함의 추구,
흥미에 대한 집착, 적당한 반항과 보수적 해결, 그리
고 평이한 문장 등을 통해 우리에게 주는 위안이야말
로 그것이 맡은 바 몫이었던 것. 풍속성(시사성)이 풍
부해야 하고, 대중적 공감을 얻어야 하며, 가정적이
어야 하는 것, 이것이 신문소설의 5대 조건 아니겠는
가? 일본의 대중작가이자 『문예춘추』의 창업주인 기
쿠치 히로시(菊池寬)의 말이 문득 떠오릅니다. "문예
비평가 따위가, 그대가 쓰는 신문소설이 너절하다고
지적해도 작가는 눈썹 하나 까딱할 필요 없다. 그러
나 의무 교육을 받은 정도의 독자로부터 그대의 문장
이 너무 어렵다고 항의를 받으면 그대는 응당 솜씨

없음을 부끄러워해야 한다"라는.

객 : 그러한 텍스트로서의 평가는 특정 신문소설의 연재
가 진행되는 동안 이루어지는 것이라 보아야 되겠군
요. 적어도 중도하차하지 않았다면 말입니다. 독자
의 항의라든가 인기도에 따라 중단되기도 연장되기
도 할 것입니다. 이로써 그 임무는 다 한 셈 아닙니
까? 연재가 끝나고 이를 단행본으로 묶었을 때, 선생
의 논법으로 하면 작품성으로 따지는 일이 비로소 가
능해지겠지요. 요컨대, 일단 성공한 작품을 다른 시
각에서 검토한다는 것 아닙니까?

주 : 작품으로 읽는 일이 그것. 처음 · 중간 · 끝이 있음으
로써 비로소 완결성이 검토될 수 있지요. 처음이란
무엇인가? 그 앞에 절대로 무엇이 와서는 안 되며 그
뒤에 절대로 무엇이 와야 하는 것. 중간이란 무엇인
가? 그 앞에 절대로 무엇이 와야 하며 그 뒤에도 절
대로 무엇이 와야 하는 것. 끝이란 무엇인가? 그 앞
에 절대로 무엇이 와야 하며 그 뒤에 절대로 무엇이
와서는 안 되는 것. 아리스토텔레스의 「시학」이 발견
한 최대의 원리가 이 점이 아닐까? 플롯과 필연성의
개념이 그것. 이 필연성이 성격이라든가 주제(사상)
에 직접 또는 간접으로 연결되어 있고, 따라서 작품

의 시원(始原)이 반드시 문제점으로 가로놓이게 되지요. 뿐만 아니라 문학사적 질서도 커다란 힘으로 간섭해 들어오는 것입니다.

객 : 이제 겨우 『거품시대』를 논의할 거점이랄까 통로가 보이는군요. 『거품시대』를 작품으로 읽을 때 제일 난감한 것이 문학사적 질서 감각이랄까 어떤 관습과의 이질감이 아닐까요? 소재상으로 보아 특히 그러하지요. 재벌 소설이나 기업가 소설이라 불러도 될지 모르겠으나, 좌우간 이러한 소재란 우리 문학의 주류랄까 중심부라는 사회적 소재(요약된 소재가 곧 주제)이든가 아니면 개인의 운명(內省)에 관한 것으로 요약될 수 있습니다. 기업 또는 재벌을 소재로 한 작품은 거의 없었지요. 이유는 일목요연한 것. 작품의 경우 작가란 그 작품의 시원인 까닭이지요.

주 : 좋은 지적이군요. 작품 또한 작가의 시원이기도 하겠지요. 지금껏 우리 문학에선 작가란 지식인 범주였다 할 것입니다. 이광수·채만식은 물론 이상이라든가 최명익이 그러하였고, 김동리도 이호철도 손창섭도 그러했지요. 이문구도 황석영도 오정희도 그러하지 않았던가? 지식인이란 무엇인가? 권력층이나 기업 측에 고용되어 생계를 유지하면서도 '진실(지식의 한

부분)'을 지키고 선양하는 계층을 일컫는 것. 만일 그 권력층이나 기업 측이 부정을 저지른다면 어떻게 해야 할까? 고발하거나 저항하면 생계에 위협이 오고, 묵살하면 '진실'에서 멀어지지 않을 수 없는 것. 이러지도 저러지도 못하는 자리에서 울리는 소리, 몸부림치기가 우리 문학의 한쪽 기둥이었지요. 1980년대에 접어들어 근로자들의 글쓰기도 시도되었고, 그 점에서 지식인이 아닌 시각에서의 소설의 가능성이 없지는 않았으나, 일시적인 현상이 아니었을까? 여전히 지식인의 시각에 흡수되고 만 것이 아니었을까? 한편 내성 소설이란 것도 지식인의 전유물이 아니겠는가? 요컨대 지식인은 근로계층(생산수단을 갖지 않은 자)도, 생산수단의 소유자인 부르주아지도 아닌 계층이지요.

객 : 르포 범주가 아닌 한, 진짜 노동자 소설도 진짜 부르주아 소설도 나오기가 어렵다, 그러니까 지식인의 시각에서 본 노동 소설, 부르주아 소설밖에 접할 수 없다, 라고 할 때 아마도 이 말 속엔 선생의 지론인 체험(기억)과 소설의 불가분리설이 깃들여 있겠지요. 이른바 '순금 부분'이라는 것 말입니다.

주 : 소설이란 서사시나 희곡과는 달리 '시간'이 개입된

예술 형태라는 것. 부르주아(시민 사회)의 욕망 체계
에 대응된다는 것. 그러기에 기억 속에서만 완벽하
게 성립된다는 것을 염두에 둔다면, 르포라든가 남의
대리 감정을 적어낼 수 없지요. 도금한 무쇠냐, 순금
부분이냐의 비유가 이에서 말미암는 것입니다.

객 : 『거품시대』의 소재상의 강점이 인정된다는 뜻이겠군
요. 지식인 일변도의 우리 소설계에 기업소설이라는
것이 작가 홍상화 씨에 의해 가능해졌다 함은 『거품
시대』 속에 선생께서 말하는 그 순금 부분이 어느 수
준에서 깃들여 있다는 의미가 아니겠습니까? 어떤
부분이 그러할까 하는 점이 궁금합니다.

주 : 이 작품에서 먼저 우리가 할 일은 거품부터 걷어내는
작업이 아닐까? '거품 경제'라는 말이 먼저 있지 않았
던가? 흑자 수출로 세계 경제를 제패할 듯하던 일본
경제도 알고 보니 거품 경제였던 것. 달러 결제 속의
허풍에 지나지 않았다고 스스로 비명을 지른 바 있
음은 모두가 아는 일. 그 영향 아래서 어떤 면에서는
허풍을 떨던 우리 경제도 거품스럽지 않았던가?

객 : 거품 경제라는 비유보다 '거품시대'라는 것이 우리에
겐 좀더 직접적이었다는 말씀이군요. '시대'란 역사
적 개념이니까. 그 시대를 지난 처지에서 바라본다는

점에서 특히 그러하지요. 군사 독재가 이끌어가던 경제이자 정치였지만 일단 그것이 어느 수준에서 종결된 마당이기에 거품스러움은 당연히도 풍자의 대상일 수밖에 없는 법. 거품이 걷힌 시점에서 거품스런 시대를 바라본다면, 그 시대를 산 사람들 본인들은 어느 시대의 인간처럼 비극적이겠지만, 밖에서 바라보는 사람의 처지에서 보면 영락없이 희극적이지요. 『거품시대』의 제일차적 작품 성격이 이로써 규정되겠군요.

주 : 거품이 이제 조금 걷힌 셈입니다. 제1~2부가 1988년 봄, 그러니까 88 서울올림픽 개최를 몇 달 앞둔 시점에서 비롯하여 제3~4부는 1989년의 가을, 제5부는 1990년의 겨울 아닙니까? 약 3년간의 시대가 배경이지요. 제6공화국 전성기지요. 이 기간 속의 가장 거품스런 곳이 어디일까? 곳곳이겠지요. 그중에서 비교적 시대적이자 대중적인 곳이 정치판이 아니겠는가? 그다음 순번이 경제 분야일 터. 정경유착이 경제의 실상이라면 이 두 가지의 동시적 수용상을 보여줌이란 제일가는 시대적 · 대중적 흥미 영역이라 할 수 없겠는가?

객 : 그 대중성의 핵심이라 할 정경유착 중 경제 쪽의 거

품스러움을 소재로 삼았음이 이 작품의 대중성 확보의 근거이자 그 최강점이다. 다시 말해 정경유착 속 경제 쪽의 거품스러운 성격이 군사 독재에서 특권적으로 증폭되었다는 것이군요.

객 : 그렇다면 좀더 거품을 걷어내볼까요. 조금 앞에서 '순금스러운 부분'이라 하지 않았습니까? 작가가 제일 잘 아는 부분이 이에 해당되는 것입니다. 정경유착 속의 경제에 대해 체험적 수준에서 갖고 있는 기억이란 무엇인가를 묻는 일이 이에 관여됩니다. 작가 홍상화 씨가 갖고 있는 기억이 그것이지요. 문득 선생께서 입버릇처럼 말하는, '기억이 나다'라는 명제. '체험이야말로 작가의 자질이다'라는 명제를 떠올립니다. 좀더 자세히 말해볼까요. 『거품시대』가 아무나 쓸 수 있는 소설이 아니라는 것, 대중성의 최상위에 속하는 정경유착의 한국적 현상을 다룰 수 있다 함은 홍씨만이 가진 '자질'이 아닐 수 없다는 것. 맞습니까?

주 : 맞습니다. 1988~90년까지(햇수로는 세 해이나 실제로는 약 2년 8개월 동안)란 시대상으로는 6공화국에 지나지 않습니다. 그렇지만 작가 홍씨에게 있어 거품스런 시대 인식이란 이런 숫자상의 것이 아니지요. 주

인공 진성구 · 이진범 · 백인홍 · 권혁배 등의 나이에 관련됩니다. 38세에서 40세에 걸쳐 있지 않겠는가? 인생의 황금기에 해당하는 나이. 이 황금기에 이른 핵심 인물들의 삶의 방식이란 무엇인가? 이 물음에서 작가 홍씨만큼 유력한 존재를 찾기는 어렵습니다.

객 : 선생께선 설마 이 작품에 나오는 중소기업인이든 대기업인이든 그들의 생태랄까 경영방식이랄까 사고방식 등의 전문성을 문제삼고 있지는 않겠지요. 제1부 시작부터 무수히 되풀이되는 비자금 조성 방식 같은 것.

가령 중소기업 수준인 청천물산 사장 이진범의 비자금 조성 방식은 수출용으로 들여온 원자재를 시중에 내다 파는 짓이었지요. 대 · 소기업을 막론하고 이 짓 안 해먹은 기업이 있었던가? 대기업인 대하실업의 경우는 어떠한가? 창업주 진규식 회장의 눈이 시퍼렇게 살아 있는 마당이기에 그 아들인 진성구가 아비 몰래 해치우는 거액의 비자금 조성 방식은 하청업체의 도급 입찰에서 감쪽같이 뜯어내는 수법이더군요. 세무사찰이다 뭐다 하는 일들의 진행 과정이라든가, 진씨 집안의 혼사를 통한 정치권과의 관계 구축, 여당 거물 정치가나 청와대의 경호실 떨거지들과의 접축 등등이란 선생의 지적대로 지식인 소설 위주의 우리 소설계에서는 과연 낯선 장면들이지요. 그렇기는 하나 그게 어쨌다는 것입니까? 그런 소재란 부지런하기만 하면 세무서 직원으로부터도 들을 수 있지 않습니까? 르포 작가라면 누구나 할 수 있는 것. 또 그런 지식이란 이미 세상이 다 아는 것 아닙니까? 작가 홍씨가 기업가 출신이라는 것과 이 문제는 별개라 볼 수는 없을까요?

주 : 그렇지 않아요. 작품의 시원이 작가이며, 작가의 시원 역시 작품입니다. 쓰고 싶은 것을 쓰는 작가는 없는 법. 다만 그가 '쓸 수 있는 것'을 쓸 따름입니다. 쓸 수 있는 것이란 자기만이 제일 잘 아는 체험(기억)의 영역뿐. 그때 그가 제일 잘 쓸 수 있지요. 여기서 "제일 잘 안다"에는 설명이 없을 수 없는데, 기업 관계에 대한 체험이나 기억이야 작가 홍씨보다 몇 배로 더 풍부한 기업인이 수두룩하겠지만 적어도 문학판에서는 홍씨가 제1인자라는 뜻입니다. 그렇다면 홍씨만이 제일 잘할 수 있는 체험(기억)이란 무엇인가? 이것은 문학적 물음입니다. 곧, 누구나 상식으로 아는 저 비자금 조성 방식이라든가 골프장의 사교술, 또는 한결같은 계집질하기 등등이 이 작품에서는 생

리화되어 있다는 사실이 그것입니다. 지식의 수준이
아니라 생리화되었음이란 새삼 무엇인가?

객 : 선생이 말하는 그 생리화란 곧 인간 속성의 하나로
다루어지고 있다는 뜻이군요. 지식의 수준이라면 단
호할 수도 있고 회의적일 수도 있으나, 생리적 수준
이라면 운명적일 수밖에 없다는 식.

주 : 아, 운명이란 말이 너무 일찍 나와버렸군요.

객 : 유부남 이진범이 폴 마송을 마시며 진 회장 외동딸
진미숙을 죽도록 사랑하는 일이라든가(그는 누구보다
두 딸과 아내를 사랑하는 가장이 아니었던가?), 진씨 집
안의 막내아들인 젊은 진성호가 배다른 형이자 사장
인 진성구를 물리치고 자신이 사장이 되고자 하는 야
망은 논리적인 측면이라기보다는 생리적이라 할 것
입니다. 부에 대한 타오르는 욕망이란 인간 본성 속
의 일부라는 사실.

주 : 지배욕의 일종이라는 것 아니겠습니까? 섹스도 부도
권력도 다 생리적 욕구로 인식되고 있습니다. 이 작
품의 결말은 진씨 집안의 창업주 진 회장의 임종 장
면 아닙니까? 가족 앞에서 진성호가 네 가지 논리적
인 주장을 내세웠는데, 이게 논리이기보다는 생리인
것이지요. 실상 진성호는 지금 이 회사 경영에 물불

가리지 않고 달겨들지 않고는 설 자리가 없습니다. 너절한 교수의 딸을 아내로 맞이하지 않았던가? 왜? 그 교수라는 자의 인척이 권력층의 핵심이었던 까닭이지요. 그런데 그 교수의 딸이란 어떠했던가? 남편을 우습게 알고 자기 일에 빠져 미친개처럼 뛰어다니고 있지 않겠는가? 진성호가 자기 형 진성구처럼 또는 이진범이나 백인홍처럼, 모델인 김명희를 두고 계집질에 나아갈 것은 불 보듯 훤한 사실이겠지요.

객 : 르포 작가도 아니고, 지식인 소설도 아니라는 점이 작가 홍씨 및 『거품시대』의 문학적 성격을 결정하고 있다는 선생의 견해가 설득력을 가지려면 좀더 논의가 있어야 될 것 같습니다.

주 : 그렇군요. 먼저 등장인물들부터 볼까요? 주역들의 나이가 38세로 소설이 시작되지요. 이진범이 맨 먼저 등장. 재벌급인 대하실업에 근무하다 독립하여 섬유 하청업체를 차렸으나 대하실업의 진씨 집안 외동딸이자 이혼녀인 진미숙을 숨겨둔 여인으로 삼았기에 지금 곤궁에 빠져 있지 않습니까? 진성구 사장이 이를 알고 보복을 하고 있기 때문.

진성구는 어떠한가? 대하실업 2세이자 사장이 아니겠는가? 그의 경영 솜씨는 독창성이나 야심이 없고 그저 아비의 그늘 밑에 있는 범속한 재능의 소유자.
배우 이혜정과 내연의 관계. 이상하게도 가정 관계의
언급이 없음. 이진범의 경우 그토록 두 딸과 아내에
대한 사랑이 강조되었음과는 지나치게 대조적. 그의
범속성은 여동생 미숙을 사랑한다는 그 한 가지 이유
로 이진범을 파산시키고자 덤비는 것에서 잘 드러남.
백인홍. 백운직물 사장. 아비가 세운 회사의 2세인
셈. 야구선수 출신으로 투쟁적이며 이진범과 친구 사
이. 그의 부친은 유곽 경영자로 상놈 중의 상놈. 잡
스러우나 의리에 강한 사내. 상대방을 이기기 위해
상대방이 토해낸 오물을 먹어치우기도 하고, 수사관
의 코뼈를 작살내기도 하고, 권력층 우 의원의 대문
앞에서 이불을 펴놓고 밤샘하기도 하는 위인. 엘리베
이터걸 김명희와 내연의 관계.
진성호. 28세. 미국에서 공부. 진성구의 이복동생.
미국서 요란한 공부로 박사학위를 딴 여자를 아내로
맞음. 정략적 결혼의 사례.
황무석. 대하실업의 부장에서 이사로 승진. 이진범의
대학 선배.
진규식. 대하실업의 회장. 창립주.
진미숙. 진 회장의 외동딸. 진 회장과 라이벌 관계

였던 섬유회사의 사장 아들인 이성수와 결혼. 아들 하나 낳고 이혼. 이진범과 연인 관계. 주체성 없는 인물.

이성수. 진미숙의 전남편. 경제학 교수. 술독에 빠져 파락호로 전락. 그의 부친은 진규식의 밀고로 회사가 파산되자 그 충격으로 사망. 이 사실을 안 뒤에 이혼.

권혁배. 운동권 출신. 야당 국회의원. 투사형이나 의리파. 이진범의 고등학교 동창이자 백인홍과 가까운 친구 사이.

객 : 이상 9명이 처음부터 끝까지 등장하는 인물들이지요. 이들에게서 공통된 요소가 무엇이라 보시는지요?

주 : 38세의 주역들은 이진범 · 권혁배 · 백인홍 · 진성구 · 이성수 등이 아니겠는가? 이 중 사업에 관여한 축은 3명이지요. 사업하는 이들의 공통점은 창의성의 부족으로 요약될 수 있지 않을까? 주어진 환경에 잘 길들여지는 유형이지요. 낭만주의자라고나 할까? 그들이 한결같이 숨겨둔 여인을 갖고 있음이 그 증거. 그들은 현실 속에서 결코 만족할 수 없고, 뭔가 먼 것에 대한 동경에 알게 모르게 빠져 있지요. 이 막연한 그리움이란 무엇인가?

객 : 선생께선 그것을 에로스(동경)라 부르고 싶겠군요.
　　인간에게 보다 선한 것, 보다 아름다운 것, 보다 좋
　　은 것으로 향하고자 하는 심성이 있다는 것. 그러니
　　까 이진범 · 진성구 · 백인홍 · 이성수들이 모두 이 범
　　주에 든다는 것.

주 : 작가의 분신들이지요. 그들은 생리적으로 그러합니
　　다. 이 에로스적인 것이 『거품시대』의 저류에 깔려
　　있기에 거품이 걷혀도 읽힐 수 있습니다.

객 : 에로스적인 것에서 벗어난 인물도 있지 않습니까?

주 : 아, 그렇군요. 황무석 이사. 그는 불패(不敗)의 인물.
　　차라리 괴물이라고나 할까? 온갖 권모술수로 대하실
　　업 부장에서 이사로 승진하여 빈틈없이 살아가고 있
　　지요.

객 : 유일하게 살아 있는 인물이라고 선생은 지적하고 싶
　　은 것 아닙니까? 작가 홍씨도 감히 요리하지 못한 인
　　물이라고 말입니다.

주 : 그렇군요. 가난한 집안에서 태어난 그는 야간학교를
　　다녔고, 악착같이 살아오지 않았던가? 20평짜리 아
　　파트에 산다는 죄로 아들이 학교에서 급식 대상자로
　　분류되었을 때의 그의 분노……. 이종사촌 형으로 하
　　여금 대하실업을 모함하는 투서질을 하게 만들고도

혼자 거뜬히 견딜 수 있었지요.

객 : 이진범도 조금 별나지 않습니까?

주 : 매력적인 인물이지요. 권혁배 의원을 대동한 관세청 장과의 대질신문에서, 장부 탈취 사건에 대해 딱 잡아떼어야 함에도 불구하고 사실대로 실토하기. 이 점이야말로 이진범의 일생일대의 실수가 아니었던가? 그 때문에 그는 공소시효 7년의 현행범으로 수배 대상이 되자 미국으로 도망쳐 그곳에서 어렵게 생활을 꾸려가다가 흑인을 쏘고, 그 흑인에게 머리가 깨어져야 했던 것. 이 결정적인 실수가 바로 이진범의 매력이 아니겠는가?

객 : 인간다운 결점이다, 독하지 못하다, 천격이 아니다, 마음 여린 낭만주의자다, 그런 말을 선생께선 하고 싶은 거지요?

주 : …….

객 : 또 나아가, 그토록 가족을 사랑하면서도(그의 처가 그토록 순진한 바보냐고 제가 비판하면 선생께선 성내시겠지요) 진미숙에게 빠져들어 정신을 못 차리고. 말하자면 철부지라고나 할까?

주 : 족보는 어떠한가? 이진범만 없군요. 백인홍의 선친은 유곽 경영자였지요. 잡스러운 생활인으로 규정되

겠지요. 재벌 진 사장의 선대는 어떠할까? 도둑이었
지요. 해방이 되었을 때 일본인 공장의 방직기를 도
둑질해다가 이럭저럭 회사를 꾸리고. 또 라이벌인 이
성수의 선친을 밀고한 집안. 상스러운 생활인이라고
나 할까? 정신 파탄자 이성수의 선대는 사업가이나
진규식의 밀고로 세무사찰에 의해 1년 만에 분사(憤
死)했으니까. 마음 여린 생활인이라고나 할까?

객 : 그러고 보니, 모두 변변찮군요. 우리의 기업인이나
재벌이란, 조금만 거슬러 올라가면 이런 상스럽거나
잡스러운 터전에 지나지 않군요. 이진범만 족보가 없
네요.

주 : 그가 사업가가 아닌 증거이겠지요. 작가는 다만 진씨
집안 여인과의 관계 모색을 위해 이진범을 부각시켰
다고 볼 것입니다.

객 : 문제는 거품시대의 그 거품을 걷어내고 맑아진 그
밑바닥 들여다보기에 있지 않습니까? 그 밑바닥의
청명한 물줄기를 보여주는 것이 비평이 맡은 바 몫
일 테니까. 이제부터 선생의 발언이 기대되는 차례
입니다.

주 : 그보다 먼저 한두 가지 지적해둘 것이 있습니다. 이
5부작에서 소도구로 활용되는 것이 휴대폰이나 카폰

이라는 점이 그 하나. 카페와 호텔이 만남의 장소라
는 점이 그 다른 하나. 셋째는 추리적 성격으로 일관
해 있다는 것. 이 중 추리적 기법이란, 작가의 지나
친 논리 조작에서 말미암았던 것. 그만큼 빈틈없이
구성해 보이겠다는 욕심에서 나온 것이겠으나, 그 논
리가 너무 세부적인 것에만 집착되고 있지는 않은지.
이 세 가지가 이 작품을 추상적인 쪽으로 끌고 가는
약점으로 보입니다.

객 : 그렇다면 이 약점을 뛰어넘고도 남을 장점은 과연 무
엇인가? 그러니까 문학적인 초원 지대랄까 그런 것
은 어디인가라는 점이 궁금해집니다. 작가 홍씨는 언
젠가 겸허하게도 '세태심리소설'에 지나지 않는다고
말해놓지 않았겠습니까? 세태심리를 그린 소설이라
면 단 1회의 읽기로 족하겠지요. 세태심리로도 환원
되지 않는 그 무엇이 없다면…….

주 : 연극 대본 〈박정희의 죽음〉과 영화 〈젊은 대령의 죽
음〉 속에 그 해답이 있습니다.

객 : …….

주 : 실상 이 5부작의 구성으로 보면 제1~2부가 이진범
과 진미숙의 절망으로 수렴되지 않습니까? 미국으로
도망치지 않으면 안 될 현행범으로서의 이진범과 동

맥을 끊어 자결하고자 한 진미숙의 절망이 중심부라 할 수 있습니다. 나머지 사람들은 한껏 여유로운 인간 군상이지요. 벼랑 위에 선 사람들이야말로 주인공에 값하는 것. 매력의 근원이지요. 이 절망하는 두 매력적 인물을 절망에서 구출할 수 있는 방도란 무엇인가? 여기까지 물을 때 그러니까…….

객 : 미학적 인식의 근거가 그 물음 속에 있다는 것입니까?

주 : 맞습니다. 절망을 이기는 방법, 구원의 빛 찾기, 거기에 미학적 인식의 근거가 있는 것이죠. 제3~4부에서 비로소 그 근거 하나가 중심점으로 구축됩니다. 희곡 〈박정희의 죽음〉이 그것. 김재규의 총에 맞아 죽어가는 박정희의 '독백의 마지막' 한 대목만 조금 볼까요.

가여운 아들아! 그러나 역사가 아무리 변덕스럽고 잔인하다 하더라도 이 사실만은 부정하지 못할 것이다. 조국의 헐벗은 산을 푸르게 만들었고, 조국의 농촌에서 초가 지붕을 몰아냈으며, 조국의 농민들에게서 보릿고개라는 단어를 영원히 지워버렸다는 사실을……. 언젠가 때가 되면, 그때가 언제가 될지는 몰라도, 나의 아집이, 나의 집념이, 나의 잔인함이 풍요로움의 원천이

되었다고 이해하는 사람이 등장할 것이다. 그때
가 되면, 내 아들아, 아버지·어머니를 흉탄에
빼앗기고 고아가 되어버린 너의 고통도 한가닥
흐뭇한 추억으로 회상할 수 있게 될 것이다. 불
쌍한 아들아! 이 말을 내가 너에게 남기는 마지
막 말로 받아다오. 너를 누구보다 사랑하는 아
비가 용서를 빈다는 말을.
아! '모래실'의 가난이 그립구나! 그곳의 가난은
나를 이토록 외롭게 내버려두지는 않았다.(제3
부)

객 : 〈박정희의 죽음〉이라는 연극 대본이 진미숙을 구출
했다 함은 그러니까 상징적인 것이군요. 거품시대의
시원을 찾아가면 거기 박정희가 있고, 그가 자란 가
난한 농촌 모래실이 있고, 그 속에서 이를 악물고 자
란 소년 박정희가 있었다. 이 차돌멩이스런 소년의
원한이 조국의 근대화를 가져왔고, 그 부작용으로 약
간의 거품스런 현상이 5공화국·6공화국에까지 뻗어
백귀야행의 풍속도를 낳았다. 그 희생자가 이진범과
진미숙이었다…….
주 : 어찌 그 희생자가 이진범과 진미숙뿐이랴! 천격인 백

인홍도, 건달 국회의원 권혁배도, 그리고 주인공격인 진씨 집안의 적자 진성구 사장 역시 희생자라 할 수 없을까? 거품을 뒤집어쓰고 살고 있었기에.

객 : 거품의 시원이 박정희에 있고, 모래실의 가난에까지 소급될 수 있기에 이 거품의 희생자를 구출하는 길도 박정희에 있어야 하는 법. 진미숙을 구출한 것이 희곡 〈박정희의 죽음〉이었음은 논리적으로도 당연한 귀결이지요. 이 희곡을 진미숙의 전남편이자 경제학 교수였던 파락호 이성수가 썼다는 것은 중요하지 않겠지요? 그는 허깨비거나 투명인간이니까.

주 : 그렇습니다. 아무리 잘 따져보아도 경제학자 이성수가 희곡을 덜렁 써낼 수 있을까? 예술(희곡)이란 전문가 영역의 소산, 곧 미학의 개입으로써만 가능한 것이기에.

객 : 그렇다면, 영화 〈젊은 대령의 죽음〉은 어떻게 설명됩니까? 선생의 논법대로 하면 이 작품에서 이진범과 진미숙 다음으로 절망 상태에 빠진 사람은 누구인가부터 알아내야 되겠군요.

주 : 맞습니다. 이진범과 진미숙 다음으로 절망에 빠진 인물은 진성구 사장입니다. 백인홍은 속이 단단하기로 누구에게 비할 바 없으며, 권혁배 역시 마찬가지. 젊

은 진성호 실장은 대하실업을 한입에 먹어치울 만큼 정력적인 애송이이며, 서민 감각의 교활한 황무석 이사는 불가사리가 아니겠는가? 이진범과 진미숙 다음으로 마음 여린 인물은 진성구뿐이지요. 그는 서서히 무너져내리고 있는데, '허무'가 그의 의식 속에 서서히 스며든 까닭입니다.

> "남자의 인생은 4등분할 수 있을 것 같아. 처음 20년 동안은 삶의 능력을 얻기 위한 훈련 기간이고, 다음 20년은 경제적 자립을 위한 준비 단계이고, 그다음 20년은 살고 싶은 인생을 사는 기간이고. 마지막 20년은 가까운 사람들과 자연을 만끽하며 자연 속에서 인생을 정리하는 시기라 할 수 있어."(제5부)

이것이 바로 허무의 침입이지요. 그의 마음이 여린 탓. 인생이 내부에서 무너져내리는 징조이지요. 아비 덕에 억지로 땅 짚고 헤엄치며 살다 보니 모든 것이 시들해졌다는 것 아니겠는가?

객 : 인생을 단일한 선(線)으로 보는 시각에서 보면 가소로운 구분 방식이군요. 인생이 4등분된다는 논법은

5등분, 9등분도 될 수 있다는 것 아닙니까? 처음부터
뜻을 세우고 평생을 일관하는 인생 코스의 처지에서
보면 진성구의 4등분론은 목적 없이 출발한 너절한
인생이라 할 수 없을까요?

주 : 글쎄요. 이 문제는 워낙 각자의 신념에 관한 부분이
라서 제가 비판할 성질이 아니겠지요. 일직선으로 백
미터 경주식으로 살다 가는 인생도 제겐 훌륭해 보이
며, 4등분·5등분해서 살아가는 인생도 그럴법해 보
이니까.

객 : …….

주 : 문제는, 누가 절망에 보다 깊이 빠졌느냐에 있지 않
겠는가? 젊었을 적부터 똑똑하지도 영악하지도 못하
면서 재벌 맏아들로 그만한 배경에 알맞은 역할을 몸
에 익혀온 진성구란 인물은 스스로 뚜렷한 삶의 목
적(立志)이 없었던 위인. 이런 위인이 나이 40세에
이르자 기묘한 4등분 논리를 세워 무너져내리고 있
지 않겠는가? 작가는 그를 여배우 이혜정에게 빠지
게 함으로써 그를 구출(합리화)하고자 꾀하고 있습니
다. 작가는 그의 가족 사항에 대해 언급하고 있지 않
지요. 의도적이겠지요. 그는 가정과 담쌓은 인물, 그
러니까 현실성 없는 인물로 설정해놓고 있습니다. 이

점에서 보면 이진범이 훨씬 현실적이지요.

객 : 여배우 이혜정에게 빠졌고, 그것의 합리화가 영화에
의 몰입이다. 이것이 곧 구원이다. 그런 뜻입니까?
영화 〈젊은 대령의 죽음〉의 주인공은 박정희의 시해
자 김재규의 비서인 박흥주 대령 아닙니까? 박 대령
의 사나이다운 성품과 군인정신에 감동했다 함은 새
삼 무엇인가? 기껏해야 이혜정에게 빠져든 자신의
허무 치유용이 아니고 무엇이겠습니까?

주 : 그런 문제 제기는 우리의 논의에서 조금 빗나가는군
요. 제 논점은 절망한 자의 구원 방식에 있지요. 그
것이 문학적 과제인 까닭. 거품을 걷어내고 그 밑바
닥에 놓인 맑은 옹달샘이랄까 그런 물줄기 찾기 말입
니다. '모래실'의 그 맑은 물줄기.
이진범과 진미숙의 절망의 구제가 미적 인식으로 가
능하다는 것. 그것이 문학적 주제라는 것. 희곡 〈박
정희의 죽음〉이 그 몫을 해내었다는 것.
여기까지가 제3~4부의 중심부에 놓인 참주제 아니
겠는가?
제5부의 중심부에 놓인 미학적 과제란 무엇인가? 영
화 〈젊은 대령의 죽음〉 아니겠는가? 그 시나리오를
이번에도 이성수가 썼지요. 그야 누가 썼든 상관없는

일. 이성수란 파락호에 지나지 않으며 따라서 유령
이거나 투명인간으로 존재하고 있으니까. 제5부에서
무너져내리는 인물은 진성구 사장뿐이지요. 영화라
는 이름의 미적 인식만이 진성구를 구원할 수 있었다
는 것이 이 작품의 문학적 성과가 아니겠는가?

객 : '영원히 여성적인 것이 우리를 인도한다(Das Ewig-
Weibliche zieht uns hinan)'라는 파우스트(괴테)의 명제
로 수렴되는 것입니까?

주 : 글쎄요. 그보다는……. 영화가 지닌 현대적 감각이겠
군요.

객 : 거품이 이제 조금 걷힌 느낌입니다.

주 : 그렇지만 맥주에는 거품이 없으면 안 되지요. 인생에
있어서도.

객 : 참, 그렇기도 하군요.

「거품시대」 등장인물도 (제3부 ~ 제4부)

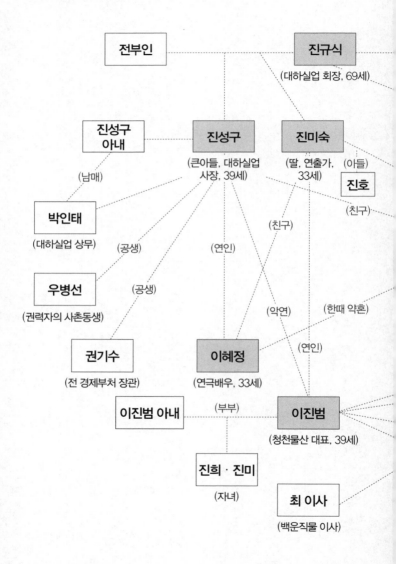

전부인

진규식
(대하실업 회장, 69세)

진성구 아내

진성구
(큰아들, 대하실업 사장, 39세)

진미숙
(딸, 연출가, 33세)

(아들)
진호

(친구)

(남매)

박인태
(대하실업 상무)

(공생)

우병선
(권력자의 사촌동생)

(공생)

권기수
(전 경제부처 장관)

(연인)

(친구)

(악연)

(한때 약혼)

(연인)

이혜정
(연극배우, 33세)

이진범 아내

(부부)

이진범
(청천물산 대표, 39세)

진희 · 진미
(자녀)

최 이사
(백운직물 이사)

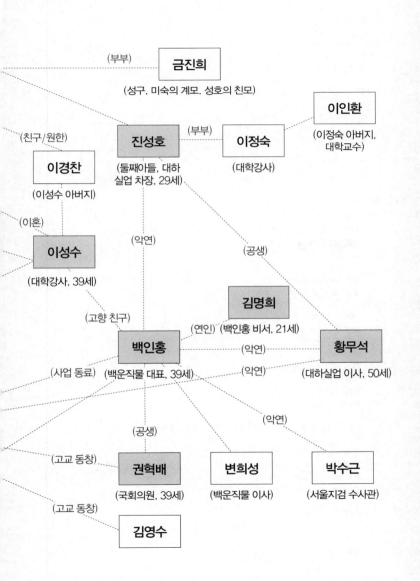

(부부) **금진희**
(성구, 미숙의 계모. 성호의 친모)

이인환
(이정숙 아버지, 대학교수)

(친구/원한)

진성호
(둘째아들, 대하
실업 차장, 29세)

(부부) **이정숙**
(대학강사)

이경찬
(이성수 아버지)

(이혼)

이성수
(대학강사, 39세)

(악연)

(공생)

김명희
(백인홍 비서, 21세)

(고향 친구)

(연인)

백인홍
(백운직물 대표, 39세)

(악연) **황무석**
(대하실업 이사, 50세)

(사업 동료)

(악연)

(악연)

(고교 동창)

(공생) **권혁배**
(국회의원, 39세)

변희성
(백운직물 이사)

박수근
(서울지검 수사관)

(고교 동창)

김영수

한국문학사 작은책 시리즈 11

거품시대 ❹

초판 1쇄 인쇄 2017년 5월 20일
초판 1쇄 발행 2017년 5월 30일

지은이 홍상화
펴낸이 홍정완
펴낸곳 한국문학사

편집 이은영 홍주완 이상실
영업 한지은
관리 황아롱
디자인 심현영

04151 서울시 마포구 독막로 281(대흥동) 한국문학빌딩 5층

전화 706-8541~3(편집부), 706-8545(영업부) | 팩스 706-8544
이메일 hkmh73@hanmail.net
블로그 http://blog.naver.com/hkmh1973
출판등록 1979년 8월 3일 제300-1979-24호

ISBN 978-89-87527-57-4 04810
      978-89-87527-53-6 (세트)